(明)吴承恩 撰

李卓吾先生批評西遊記

第九册

國家圖書館出版社

第九册目録

第五十五回　色邪淫戲唐三藏　性正修持不壞身……一
第五十六回　神狂誅草寇　道昧放心猿……二九
第五十七回　真行者落伽山訴苦　假猴王水簾洞謄文……五九
第五十八回　二心攪亂大乾坤　一體難修真寂滅……八七
第五十九回　唐三藏路阻火焰山　孫行者一調芭蕉扇……一一三
第六十回　牛魔王罷戰赴華筵　孫行者二調芭蕉扇……一四三
第六十一回　猪八戒助力破魔王　孫行者三調芭蕉扇……一七一
第六十二回　滌垢洗心惟掃塔　縛魔歸正乃修身……二〇三

第五十五回

色邪淫戲唐三藏　性正修持不壞身

却說孫大聖與猪八戒正要使法定那些婦女忽聞得風响處沙僧嚷鬧急回頭時不見了唐僧行者道是甚人來搶師父去了沙僧道是一個女子弄陣旋風把師父攝去也行者聞言唿哨跳在雲端裡用手搭凉篷四下里觀看只見一陣灰塵風滾滾往西北上去了急回頭叫道兄弟們快駕雲同我趕師父去來八戒與沙僧即把行囊捎在馬上响一聲都跳在半空裡去慌得那西梁國君臣女輩跪在塵埃都道是白日飛昇的羅漢我主不必驚疑唐御

弟也是個有道的禪僧我們都有眼無珠錯認了中華男子枉費了這場神思請主公上輦回朝也女王自覺慚愧多官都一齊回國不題却說孫大聖兄弟三人騰空踏霧望着那陣旋風一直趕來前至一座高山只見灰塵息靜風頭散了更不知怪向何方兄弟們按落雲霧找路尋訪忽見一壁廂青石光明却似個屏風模樣三人牽着馬轉過石屏石屏後有兩扇石門門上有六個大字乃是毒敵山琵琶洞八戒無知上前就使釘鈀築門行者急止住道兄弟莫忙我們隨旋風趕便趕到這里尋了這會方遇此門又不知深淺如何倘不是這個門兒却不惹他見怪你

兩個且牽了馬還轉石屏前立等片時待老孫進去打聽打聽察個有無虛實却好行者沙僧聽說大喜道好好好正是粗中有細果然急處從寬他二人牽馬回頭孫大聖顯個神通捻着訣念個呪語搖身一變變作蜜蜂兒真個輕巧你看他

翅薄隨風軟腰輕映日纖嘴甜曾覓蕋尾利善降蟾醸蜜巧何淺投衙禮自謙如今施巧計飛舞入門簷

行者自門瑕處鑽將進去飛過二層門裡只見正當中花亭子上端坐着一個女怪左右列幾個彩衣繡服丫髻兩挐的女童都歡天喜地正不知講論甚麼這行者輕輕的

飛上去。丁在那花亭槅子上。側耳纔聽。又見兩個總角蓬頭女子。捧兩盤熱騰騰的麫食上亭來道。奶奶一盤是人肉餡的葷饝饝。一盤是鄧沙餡的素饝饝。那女怪笑道。小的們扶出唐御弟來。幾個彩衣繡服的女童。走向後房。把唐僧扶出。那師父面黃唇白。眼紅淚滴。行者在暗中嗟歎道。師父中毒了。那怪走下花亭。露春蔥十指纖纖。扯住長老道。御弟寬心。我這里雖不是西梁女國的宮殿。不比富貴奢華。其實却也清閒自在。正好念佛看經。我與你做個道伴兒。真個是百歲和諧也。三藏不語。那怪道。且休煩惱我知你在女國中赴宴之時。不曾進得飲食。這里葷素饝饝兩盤憑你受用些兒壓驚三藏沉思默想道我待不說話不吃東西此怪比那女王不同女王還是人身行動以禮此怪乃是妖神恐爲加害奈何我三個徒弟不知我困陷在這里倘或加害却不枉丢性命以心問心無計所奈只得强打精神開口道葷的何如素的何如女怪道葷的是人肉餡饝饝素的是鄧沙餡饝饝三藏道貧僧吃素那怪笑道女童看熱茶來與你家長爺爺吃素饝饝一女童果捧着香茶一盞放在長老面前那怪將一個素饝饝劈破遞與三藏三藏將個葷饝饝囫圇遞與女怪女怪笑道御弟你怎麽不劈破與我三藏合掌道我出家人不敢破

輩。那女妖道你出家人不敢破輩。怎麼前日在子母河邊吃水高。今日又好吃鄧沙餡。三藏道水高船去急沙陷馬行遲。行者在格子上。聽着兩個言語相攀。恐怕師父亂了真性。忍不住現了本相。掣鐵棒喝道業畜無禮。那女怪見了。口噴一道烟光。把花亭子罩住。教小的們收了御弟。他却拿一柄三股鋼叉跳出亭門罵道。潑猴憊懶怎敢私入吾家。偷窺我容貌。不要走。吃老娘一叉。這大聖使鐵棒架住。且戰且退。二人打出洞外。那八戒沙僧正在石屏前等候。忽見他兩個爭持。慌得八戒將白馬牽過道。沙僧你只管看守行李馬匹。等老猪去幇打幇打。好獃子。雙手舉釘鈀趕上前叫道。師兄靠後。讓我打這潑賤。那怪見八戒來。他又使個手段。哱了一聲。鼻中出火。口內生烟。把身子抖了一抖。三股叉飛舞冲迎。那女怪也不知有幾隻手。沒頭沒臉的滾將來。這行者與八戒兩邊攻住。那怪道。孫悟空。你好不識進退。我便認得你。你是不認得我。你那雷音寺裡佛如來。也還怕我哩。量你這兩個毛人。到得那里。都上來。一個個仔細看打。這一場怎見得好戰。

女怪威風長。猴王氣槩興。天蓬元帥爭功績。亂舉釘鈀要顯能。那一個手多叉緊烟光繞。這兩個性急兵強霧氣騰。女怪只因求配偶。男僧怎肯泄元精。陰陽不對相持鬪各逞雄才恨苦爭陰靜養榮思動動陽收息衞愛清清致令兩處無和睦义鈀鐵棒賭輸贏這個棒有力鈀更能女怪鋼义丁對丁毒敵山前三不讓琵琶洞外兩無情那一個喜得唐僧諧鳳侶這兩個必隨長老取眞經驚天動地來相戰只殺得日月無光星斗更

三個戰鬪多時不分勝負那女怪將身一縱使出個倒馬毒樁不覺的把大聖頭皮上扎了一下行者叫聲苦阿忍耐不得負痛敗陣而走八戒見事不諧拖着鈀徹身而退那怪得了勝收了鋼义行者抱頭皺眉苦面叫聲利害利害八戒到根前問道哥哥你怎麼正戰到好處却就叫苦

遠天的走了。行者抱着頭只叫疼疼疼。沙僧道想是你頭風發了。行者跳道不是不是。八戒道哥哥我不曾見你受傷却頭疼何也。行者哼哼的道了不得了不得。我與他正然打處。他見我破了他的叉勢。他就把身子一縱。不知是件甚麼兵器。着我頭上扎了一下。就這般頭疼難禁。故此敗了陣來。八戒笑道。只這等靜處常誇口。說你的頭是修煉過的。却怎麼就不禁這一下兒。行者道。正是我這頭自從修煉成眞。盜食了蟠桃仙酒老子金丹。大鬧天宮時。又被玉帝差大力鬼王。二十八宿。押赴斗牛宮外處斬。那些神將。使刀斧鎚劍。雷打火燒。及老子把我安在八卦爐煅

煉四十九日俱未傷損今日不知這婦人用的是甚麼兵（看來世
器把老孫頭弄傷也沙僧道你放了手等我看看莫破了（上只有婦人毒）
行者道不破不破八戒道我去西梁國討個膏藥你貼貼
行者道又不瘇不破怎麼貼得膏藥八戒笑道哥阿我的（趣）
胎前產後病倒不曾有你倒弄了個腦門癰了沙僧道二
哥且休取笑如今天色晚矣大哥傷了頭師父又不知死
活怎的是好行者哼道師父沒事我進去時變作蜜蜂兒
飛入裡面見那婦人坐在花亭子上少頃兩個丫鬟捧兩
盤饝饝一盤是人肉餡葷的一盤是鄧沙餡素的又着兩
個女童扶師父出來吃一個壓驚又要與師父做甚麼道

件兒師父始初不與那婦人答話也不吃饍饈後見他甜言美語不知怎麼就開口說話卻說吃素的那婦人就將一個素的劈開遞與師父師父將個囫圇葷的遞與那婦人婦人道怎不劈破師父道出家人不敢破葷那婦人道既不破葷前日怎麼在子母河邊飲水高今日又好吃鄧沙餡師父不解其意荅他兩句道水高船去急沙陷馬行遲我在格子上聽見恐怕師父亂性便就現了原身掣棒就打他也使神通噴出烟霧叫收了御弟就輪鋼叉與老孫打出洞來也沙僧聽說咬指道這潑賤也不知從那里就隨將我們來把上項事都知道了八戒道這等說便我

們安歇不成莫管甚麼黃昏半夜且去他門上索戰嚷嚷鬧鬧攪他個不睡莫教他捉弄了我師父行者道頭疼去不得沙僧道不須索戰一則師兄頭疼二來我師父是個真僧決不以色空亂性且就在山坡下閉風處坐這一夜養養精神待天明再作理會遂此三個弟兄拴牢白馬守護行囊就在坡下安歇不題却說那女怪放下兇惡之心重整歡愉之色叫小的們把前後門都關緊了又使兩個支更防守行者但聽門响即時通報却又教女童將臥房收拾齊整掌燭焚香請唐御弟來我與他交歡遂把長老從後邊攙出那女怪弄出十分嬌媚之態携定唐僧道常

言黃金未爲貴安樂值錢多且和你做會夫妻兒耍子去
也這長老咬定牙關聲也不透欲待不去恐他生心害命
只得戰兢兢跟着他步入香房却如痴如瘂那里擡頭舉
目更不曾看他房裡是甚牀鋪幔帳也不知有甚箱籠梳
粧那女怪說出的雨意雲情亦漠然無聽好和尚眞是那
目不視惡色耳不聽淫聲他把這錦繡嬌容如糞土金
珠美貌若灰塵一生只愛參禪半步不離佛地那里會
惜玉憐香只曉得修眞養性那女怪活潑潑春意無邊
這長老死丁丁禪機有在一個似軟玉溫香一個如死
灰槁木那一個展鴛衾淫興濃濃這一個束褊衫丹心

啾啾那個要貼胸交股和鸞鳳這個要面壁歸山訪達摩女怪解衣賣弄他肌香膚膩唐僧斂衽緊藏了糙肉麄皮女怪道我枕剩衾閒何不睡唐僧道我頭光服異怎相陪那個道我願作前朝柳翠翠這個道貧僧不是月闍黎女怪道我美若西施還嬝娜唐僧道我越王因此久埋屍女怪道御弟你記得寧教花下死做鬼也風流唐僧道我的真陽爲至寶怎肯輕與你這粉骷髏

這三藏也是個沒用和尚

他兩個散言碎語的直鬭到更深唐長老全不動念那女怪扯扯拉拉的不放這師父只是老老成成的不肯他纏到有半夜時候把那怪弄得惱了叫小的們拿繩來可憐

將一個心愛的人兒一條繩綑的像個猱獅模樣又教拖在房廊下去却吹滅銀燈各歸寢處一夜無詞不覺的雞聲三唱那山坡下孫大聖欠身道我這頭疼了一會到如今也不疼不麻只覺有些作痒八戒笑道痒便再教他扎一下何如行者啐了一口道放放放八戒又笑道放放放我師父這一夜到浪浪浪沙僧道且莫鬪口天亮了快赶早兒捉妖怪去行者道兄弟你只管在此守馬休得動身豬八戒跟我去那獃子抖擻精神束一束皁錦直裰相隨行者各帶了兵器跳上山崖徑至石屏之下行者道你且立住只怕這怪物夜裡傷了師父先等我進去打聽打聽

倘若被他哄了。喪了元陽。眞個虧了德行。却就大家散火。若不亂性情。禪心未動。却好努力相持。打死精靈。救師西去。八戒道。你好痴阿。常言道。乾魚可好與猫兒作枕頭。就不如此。也要抓你幾把。是行者道。莫胡疑亂說。待我看去。好大聖。轉石屏別了八戒。搖身還變個蜜蜂兒。飛入門裡。見那門裡有兩個丫鬟。頭枕着梆鈴。正然睡哩。却到花亭子觀看。那妖精原來弄了半夜。都辛苦了。一個個都不知天曉。還睡着哩。行者飛來後面。隱隱的只聽見唐僧聲喚。忽擡頭見那步廊下。四馬攢蹄。綑着師父。行者輕輕的丁在唐僧頭上。叫師父。唐僧認得聲音道。悟空來了。快救我命行者道夜來好事如何三藏咬牙道我寧死也不肯如此行者道昨日我見他有相憐相愛之意却怎麼今日把你這般挫折三藏道他把我纏了半夜我衣不解帶身未沾牀他見我不肯相從才綑我在此你千萬救我取經去也他師徒們正然問答早驚醒了那個妖精妖精雖是下狠却還有流連不舍○好○之意一覺翻身只聽見取經去也一句他就滾下牀來厲聲高叫道好夫妻不做却取甚麼經去行者慌了撇却師父急展翅飛將出去現了本相叫聲八戒那獃子轉過石屏道那話兒成了否行者笑道不曾不曾老師父被他摩弄不從惱了綑在那里正與我訴說

前情那怪驚醒了。我慌得出來也。八戒道師父曾說甚來。行者道他只說衣不解帶身未沾牀。八戒笑道好。好。好還是個眞和尚我們救他去。獃子粗鹵不容分說舉釘鈀望他那石頭門上儘力氣一鈀。吻喇喇築做幾塊。諕得那幾個枕梆鈴睡的丫鬟跑至二層門外。叫聲開門前門被昨日那兩個醜男人打破了。那女怪正出房門只見四五個丫鬟跑進去報道奶奶昨日那兩個醜男人又來把前門已打碎矣。那怪聞言。即忙叫小的們燒湯洗面梳粧叫把御弟連繩擡在後房收了。等我打他去。好妖精走出來舉着三股叉罵道潑猴野彘老大無知你怎敢打破我門。八戒罵道濫淫賤貨你到困陷我師父還敢硬嘴我師父是你哄將來做老公的快快送出饒你敢再說半個不字老猪一頓鈀連山也築倒你的那怪那容分說抖搜身軀依前弄法鼻口噴烟冒火舉鋼叉就刺八戒八戒側身躲過着鈀就築孫大聖使鐵棒並力相幫那怪又弄神通也不知是幾隻手左右遮攔交鋒三五個回合不知是甚兵器把八戒嘴唇上大扎了一下那獃子拖着鈀侮着嘴負痛逃生行者却也有些醋他虛丢一棒敗陣而走那怪得勝而回叫小的們搬石塊壘住了前門不題却說沙和尚正在坡前放馬只聽得那里猪哼忽擡頭見八戒侮着嘴哼

將來。沙僧道。怎的說。八戒哼道。了不得。了不得。疼。疼。疼。疼。說不了。行者也到根前笑道。好獃子阿。昨日呪我是腦門癰。今日却也弄做個瘇嘴瘟了。八戒哼道。難忍。難忍。疼得好利害。利害。三人正然難處。只見一個老媽媽兒。左手提着青竹籃兒。自南山路上挑菜而來。沙僧道。大哥。那媽媽來得近了。等我問他個信兒。看這個是甚妖精。是甚兵器。這般傷人。行者道。你且住。等老孫問他去來。行者急睜睛看。只見頭直上有祥雲蓋頂。左右有香霧籠身。行者認得。急叫兄弟們還不來叩頭。那媽媽是菩薩來也。慌得豬八戒忍疼下拜。沙和尚牽馬躬身。孫大聖合掌跪下。叫聲南無大慈大悲救苦救難靈感觀世音菩薩那菩薩見他每認得元光即踏祥雲起在半空現了真像原來是魚籃之像行者赶到空中拜告道菩薩恕弟子失迎之罪我等努力救師不知菩薩下降今遇魔難難收萬望菩薩答救答救菩薩道這妖精十分利害他那三股叉是生成的兩隻鉗腳扎人痛者是尾上一個鈎子喚做倒馬毒本身是個蝎子精他前者在雷音寺聽佛談經如來見了不合用手推他一把他就轉過鈎子把如來左手中拇指上扎了一下如來也疼難禁即着金剛拿他他却在這里若要救得唐僧除是別告一位方好我也是近他不得行者再拜道望

菩薩指示指示別告那位去好弟子即去請他也菩薩道
你去東天門裡光明宮告求昴日星官方能降伏言罷化
作一道金光徑回南海孫大聖纔按雲頭對八戒沙僧道
兄弟放心師父有救星了沙僧道是那里救星行者道纔
方菩薩指示教我告請昴日星官老孫去來八戒侮着嘴
哼道哥阿就問星官討些止疼的藥餌來行者笑道不須
用藥只似昨日疼過夜就好了沙僧道不必煩叙快早去
罷好行者急忙駕觔斗雲須臾到東天門外忽見增長天
王當面作禮道大聖何往行者道因保唐僧西方取經路
遇魔瘴纏身要到光明宮見昴日星官走走忽又見陶張

辛鄧四大元帥也問何往。行者道尋昴日星官去降怪救師。四大帥道。星官今早奉玉帝旨意。上觀星臺巡劄去了。行者道可有這話。辛天君道。小將等與他同至斗牛宮。豈敢說假。陶天君道。今已許久。或將回矣。大聖還先去光明宮。如未回。再去觀星臺可也。大聖遂喜。即別他們。至光明宮門首。果是無人。復抽身就走。只見那壁廂有一行兵士擺列。後面星官來了。那星官還穿的是拜駕朝衣。一身金縷。但見他

冠簪五岳金光彩。笏執山河玉色瓊。袍掛七星雲靉靆。腰圍八極寶環明。叮噹珮响如敲韻。迅速風聲似擺鈴。

翠羽扇開來昴宿天香飄襲滿門庭
前行的兵士。看見行者立于光明宮外。急轉身報道主公
孫大聖在這里也。那星官斂雲霧整束朝衣。停執事。分開
左右。上前作禮道。大聖何來。行者道專來拜煩救師父一
難。星官道何難。在何地方。行者道。在西梁國毒敵山琵琶
洞。星官道那山洞有甚妖怪。却來呼喚小神。行者道觀音
菩薩適才顯化。說是一個蝎子精。特舉先生方能治得。因
此來請星官道。本欲回奏玉帝。奈大聖至此。又感菩薩舉
薦。恐遲悞事。小神不敢請獻茶。且和你去降妖精。却再來
回旨罷。大聖甚喜。即同出東天門。直至西梁國。望見毒敵

山不遠行者指道此山便是星官按下雲頭同行者至石屏前山坡之下沙僧見了道二哥起來大哥請得星官來了那獃子還侮着嘴道恕罪恕罪有病在身不能行禮星官道你是個修行之人何病之有八戒道早間與那妖精交戰被他着我唇上扎了一下至今還疼哩星官道你上來我與你醫治醫治獃子才放了手口裏哼哼嘖嘖道千萬治治待好了謝你那星官用手把嘴唇上摸了一摸吹一口氣就不疼了獃子歡喜下拜道妙阿妙阿行者笑道煩星官也把我頭上摸摸星官道你未遭毒摸他何爲行者道昨日也曾遭過只是過了夜纔不疼如今還有些麻

痒只恐發天陰也煩治治星宮眞個也把頭上摸了一摸
吹口氣也就解了餘毒不麻不痒了八戒發狠道哥哥去
殺那潑賤去星宮道正是正是你兩個叫他出來等我好
降他行者與八戒跳上山坡又至石屏之後獃子口裡亂
罵手似撈鈎一頓釘鈀把那洞門外壘壘的石塊爬開闖
至一層門又一釘鈀將二門築得粉碎慌得那門裡小妖
飛報奶奶那兩個醜男人又把二層門也打碎了那怪正
敎解放唐僧討素茶飯與他吃哩聽見打破二門卽便跳
出花亭子輪叉來刺八戒八戒使釘鈀迎架行者在傍又
使鐵棒來打那怪赶至身邊要下毒手行者與八戒識得

方法。回頭就走。引那怪趕過石屏之後。行者叫聲昴宿何在。只見那星官立于山坡之上。現出本相。原來是一隻雙冠子大公雞。昂起頭來。約有六七尺高。對着妖精叫了一聲。那怪即時就現了本像。原來是個琵琶來大小的一個蝎子精。這星官再叫一聲。那怪渾身酥軟。死在坡前。有詩爲証。

花冠繡頸若團纓。爪硬距長目怒睛。踴躍雄威全五德。崢嶸壯勢羨三鳴。豈如凡鳥啼茅屋。本是天星顯聖名。毒蝎枉修人道行。還原反本見眞形。

八戒上前。一隻脚躧住那怪的……業畜。今番使不得倒馬毒了。那怪動也不動。被鈇[illegible]一九釘鈀扭作一團爛醬。那星官復聚金光。駕雲而去。行者與沙僧朝天謝道。有累有累。改日赴宮拜謝。三人謝畢。却才收拾行李馬匹。都進洞裡。見那大小丫鬟。兩邊跪下。拜道爺爺。我們不是妖邪。都是西梁國女人。前者被這妖精攝來的。你師父在後邊香房裡坐着哭哩。行者聞言。仔細觀看。果然不見妖氣。遂入後邊。叫道師父。那唐僧見衆齊來。十分歡喜道。賢弟。累及你們了。那婦人何如也。八戒道。那厮厮原是個大母蝎子。幸得觀音菩薩指示。大哥去天宮裡。請得那昴日星官下降。把那厮收伏。才被老猪築做個泥了。方敢深入到此。

第五十六回

神狂誅草寇　道昧放心猿

靈臺無物謂之清寂寂全無一念生猿馬牢收休放蕩精神謹慎莫崢嶸除六賊悟三乘萬緣都罷自分明色除永滅超真界坐享西方極樂城

話說唐三藏咬釘嚼鐵以死命留得一個不壞之身感蒙行者等打死蝎子精救出琵琶洞一路無詞又早是天中時節但見那

薰風時送野蘭香濯雨纔晴新竹涼艾葉滿山無客採蒲花盈澗自爭芳海榴嬌艷遊蜂亂溪柳陰濃黃雀狂

長路那能包角黍龍舟應吊汨羅江
他師徒們行賞端陽之景虛度中天之節忽又見一座高
山阻路長老勒馬回頭叫道悟空前面有山恐又生妖怪
是必謹防行者等道師父放心我等皈命投誠怕甚妖怪
長老聞言甚喜加鞭催駿馬放轡趲飛龍須臾上了山崖
舉頭觀看真個是
頂巔松柏接雲青石壁荊榛掛野藤萬丈崔巍千層懸
削萬丈崔巍峰嶺峻千層懸削壑崖深蒼苔碧蘚鋪陰
石古檜高槐結大林林深處聽幽禽巧聲睍睆實堪吟
澗內水流如瀉玉路傍花落似堆金山勢惡不堪行十

步全無半步平。狐狸麋鹿成雙遇。白鶴玄猿作對迎。忽聞虎嘯驚人膽。鶴鳴振耳透天庭。黃梅紅杏堪供食。野草閒花不識名。

四衆進山。緩行良久。過了山頭。下西坡。乃是一段平陽之地。豬八戒賣弄精神。教沙和尚挑了擔子。他雙手舉鈀。上前趕馬。那馬更不懼他。憑那獃子嗒笞笞的趕。只是緩行不緊。行者道。兄弟。你趕他怎的。讓他慢慢走罷了。八戒道。天色將晚。自上山行了這一日。肚裡餓了。大家走動些。尋個人家化些齋吃。行者聞言道。既如此。等我教他快走。把金箍棒幌一幌。喝了一聲。那馬溜了韁。如飛似箭。順平路往前去了你說馬不怕八戒只怕行者何也行者五百年前曾受玉帝封在大羅天御馬監（又點綴）養馬官名弼馬溫故此傳留至今是馬皆懼猴子（好証據）那長老挽不住轡繩只扳緊着鞍轡讓他放了一路轡頭有二十里向開田地方纔緩步而行正走處忽聽得一棒鑼聲路兩邊閃出三十多人一個個鎗刀棍棒攔住路口道和尚那里走諕得個唐僧戰兢兢坐不穩跌下馬來蹲在路傍草窠裡只叫大王饒命大王饒命那為頭的兩個大漢道不打你只是有盤纏留下長老方纔省悟知他們是一夥強人却欠身擡頭觀看但見他

一個青臉獠牙欺太歲一個暴睛環眼賽喪門鬢邊紅髮如飄火頦下黃鬚似插針他兩個頭戴虎皮花磕腦腰繫貂裘彩戰裙一個手中執着狼牙棒一個肩上横擔扢撻藤果然不亞巴山虎真個猶如出水龍

三藏見他這般兇惡只得走起來合掌當胸道大王貧僧是東土唐王差往西天取經者自別了長安年深日久就有些盤纏也使盡了出家人專以乞化為由那得個財帛萬望大王方便方便讓貧僧過去罷那兩個賊帥衆向前道我們在這里起一片虎心截住要路專要些財帛甚麼方便方便你果無財帛快早脫下衣服留下白馬放你過

去三藏道阿彌陀佛貧僧這件衣服是東家化布西家化針零零碎碎化來的你若剝去可不害殺我也只是這世裡做得好漢那世裡變畜生（着眼）哩那賊聞言大怒掣大棍上前就打這長老口内不言心中暗想道可憐你只說你的棍子還不知我徒弟的棍子哩那賊那容分說舉着棍沒頭沒臉的打來長老一生不會說謊遇着這急難處沒奈何只得打個誑語道二位大王且莫動手我有個小徒弟在後面就到他身邊有幾兩銀子把與你罷那賊道這和尚也是吃不得虧的且綑起來衆賊一齊下手把一條繩綑了高高吊在樹上却說三個撞禍精隨後趕來八戒呵

呵大笑道師父去得好快不知在那裏等我們哩忽見長老在樹上他又說你看師父等便罷了却又有這般心腸爬上樹去扯着籐兒打鞦韆耍子哩行者看了道獃子莫亂談師父吊在那裏不是你兩個慢來等我去看看好大聖急登高坡細看認得是夥強人心中暗喜道造化造化買賣上門了即轉步搖身一變變做個乾乾淨淨的小和尚穿一領緇衣年紀只有二八肩上背着一個藍布包袱拽開步來到前邊叫道師父這是怎麼說話這都是些甚麼歹人三藏道徒弟呀還不救我下來還問甚的行者道是幹甚勾當的三藏道這一夥攔路的把我截住要買路

錢因身邊無物却把我吊在這里只等你來計較計較不然把這匹馬送與他罷行者呵的笑道師父不濟天下也有和尚少你這樣皮鬆的却少唐太宗差你往西天見佛誰教你把這龍馬送人三藏道徒弟呵似這般吊起來打着要怎生是好行者道你怎的與他說來三藏道他打的我急了沒奈何把你供出來也行者道師父你好沒搭煞你供我怎的三藏道我說你身邊有些盤纏且教道莫打我是一時救難的話兒行者道好道好承你擡舉正是這樣供若肯一個月供得七八十遭老孫越有買賣那夥賊見行者與他師父講話撒開勢圍將上來道小和尚你師

父說你腰裡有盤纏趁早拿出來饒你們性命若道半個不字就都送了你的殘生行者放下包袱道列位長官不要嚷盤纏有些在此包袱不多只有馬蹄金二十來錠粉面銀二三十錠散碎的未曾見數要時就連包兒拿去切莫打我師父古書云德者本也財者末也此是末事我等出家人自有化處若遇著個齋僧的長者襯錢也有衣服也有能用幾何只望放下我師父來我就一并奉承那夥賊聞言都甚歡喜道這老和尚慳吝這小和尚到還慷慨教放下來那長老得了性命跳上馬顧不得行者操着鞭一路跑回舊路行者忙叫道走錯路了提着包袱就要追

去那夥賊攔住道那里走將盤纏留下免得動刑行者笑道說開盤纏須三分分之那賊頭道這小和尚忒乖就要瞞着他師父留起些兒也罷拿出來看若多時也分些與你背地裡買果子吃行者道哥啞不是這等說我那里有甚盤纏說你兩個打劫別人的金銀是必分些與我那賊聞言大怒罵道這和尚不知死活你到不肯與我反問我要噫看打輪起一條扢撻藤棍照行者光頭上打了七八下行者只當不知且滿面陪笑道哥呀若是這等打就打到來年打罷春也是不當真的那賊大驚道這和尚好硬頭行者笑道不敢不敢承過獎了也將就看得過那賊那

寨分說兩三個一齊亂打行者道列位息怒等我拿出來好大聖耳中摸一摸拔出一個繡花針兒道列位我出家人果然不曾帶得盤纏只這個針兒送你罷那賊道晦氣呀把一個富貴和尚放了却拿住這個窮禿驢你好道會做裁縫我要針做甚的行者聽說不要就拈在手中幌了一幌變作碗來粗細的一條棍子那賊害怕道這和尚生得小倒會弄術法兒行者將棍子插在地下道列位拿得動就送你罷兩個賊上前搶奪可憐就如蜻蜓撼石柱莫想禁動半分毫這條棍本是如意金箍棒天秤稱的一萬三千五百斤重那夥賊怎麼知得大聖走上前輕輕的拿

起丟一個蟒翻身拗步勢指着强人道你都造化低遇着我老孫了那賊上前來又打了五六十下行者笑道你也打得手困了且讓老孫打一棒兒却休當真你看他展開棍子幌一幌有井欄粗細七八丈長短盪的一棍把一個打倒在地嘴唇搵土再不做聲那一個開言罵道這禿廝老大無禮盤纏沒有轉傷我一個人行者笑道且消停且消停待我一個個打來一發教你斷了根罷盪的又一棍把第二個又打死了諕得那衆嘍囉撇鎗棄棍四路逃生而走却說唐僧騎着馬往東正跑八戒沙僧攔住道師父往那里去錯走路了長老兜馬道徒弟阿趂早去與你師

兒說教他棍下留情莫要打殺那些強盜八戒道師父往下等我去來獃子一路跑到前邊厲聲高叫道哥哥師父教你莫打人哩行者道兄弟那曾打人八戒道那強盜往那里去了行者道別個都散了只是兩個頭兒在這里睡覺哩八戒笑道你兩個遭瘟的好道是熬了夜這般辛苦不往別處睡却睡在此處獃子行到身邊看看道到與我是一起的乾淨張着口睡倘出些粘涎來了行者道是老孫一棍子打出豆腐來了八戒道人頭上又有豆腐行者道打出腦子來了八戒聽說打出腦子來慌忙跑轉去對唐僧道散了夥也三藏道善哉善哉往那條路上去了八

戒道打也打得直了脚又會往那里去走哩三藏道你怎麽說散火八戒道打殺了不是散火是甚的三藏問打的怎麽模樣八戒道頭上打了兩個大窟竈三藏敎解開包取幾文襯錢快去那里討兩個膏藥與他兩個貼貼八戒（老和尚甚）笑道師父好沒正經膏藥只好貼得活人的瘡瘇那里好貼得死人的窟竈三藏道眞打死了就惱起來口裡不住的絮絮叨叨猢猻長猴子短兜轉罵與沙僧八戒至死人（此和尚可厭）前見那血淋淋的倒臥山坡之下道長老甚不忍見卽着（錄何和尚到有秀才氣腐極了腐極了）八戒快使釘鈀築個坑子埋了我與他念卷倒頭經八戒道師父左使了人也行者打殺人還該敎他去燒埋怎麽

敘老猪做土工。行者被師父罵惱了，唱着八戒道：潑懶夯貨，趂早兒去埋，遲了些兒，就是一棍。獃子慌了，往山坡下築了有三尺深，下面都是石脚石根，搁住鈀齒，獃子丟了鈀，便把嘴拱，拱到軟處，一嘴有二尺五，兩嘴有五尺深，把兩個賊屍埋了，盤作一個墳堆。三藏叫悟空取香燭來，待我禱祝，好念經。行者努着嘴道：好不知趣，這半山之中，前不巴村，後不着店，那討香燭？就有錢也無處去買。三藏恨恨的道：猴頭過去，等我撮土焚香禱祝。這是三藏離鞍悲野塚，聖僧善念祝荒墳。祝云：

拜惟好漢聽禱原因，念我弟子東土唐人，奉太宗皇帝旨意上西方求取經文適來此地逢爾多人不知是何府何州何縣都在此山内結黨成群我以好話哀告懇懃爾等不聽返善生嗔却遭行者提下傷身切念屍骸暴露吾隨掩土盤墳折青竹爲光燭無光彩有心勤取頑石作施食無滋味有誠真你到森羅殿下興詞倒樹尋根他姓孫我姓陳各居異姓冤有頭債有主切莫告我取經僧人

八戒笑道師父推得乾淨他打時却也没有我們兩個三藏真個又撮土祝告道好漢告狀只告行者也不干八戒沙僧之事大聖聞言忍不住笑道師父你老人家忒没情

義爲你取經我費了多少慇懃勞苦如今打死這兩個毛賊你倒教他去告老孫雖是我動手打卻也只是爲你你不往西天取經我不與你做徒弟怎麼會來這裡會打殺人索性等我祝他一祝揝着鐵棒望那墳上搗了三下道遭瘟的強盜你聽着我被你前七八棍後七八棍打得我不疼不痒的觸惱了性子一差二悞將你打死了儘你到那裡去告我老孫實是不怕玉帝認得我天王隨得我二十八宿懼我九曜星官怕我府縣城隍跪我東岳天齊怖我十代閻君曾與我爲僕從五路猖神曾與我當後生不論三界五司十方諸宰都與我情深面熟隨你那裏去告

楚○能○貴○弄

三藏見說出這般惡話，却又心驚道：「徒弟呀，我這禱祝，是教你體好生之德，爲良善之人，你怎麽就認眞起來？」行者道：「師父，這不是好耍子的勾當，且和你趕早尋宿去。」那長老只得懷嗔上馬，孫大聖有不睦之心，八戒沙僧亦有嫉妒之意，師徒都面是背非，依大路向西正走，忽見路北下有一座庄院，三藏用鞭指定道：「我們到那里借宿去。」八戒道：「正是。」遂行至庄舍邊下馬，看時，却也好個住場，但見

野花盈徑，雜樹遮扉，遠岕流山水，平畦種麥葵，蒹葭露潤輕鷗宿，楊柳風微倦鳥棲，青栢間松爭翠碧，紅蓬映蓼鬪芳菲，村犬吠，晚雞啼，牛羊食飽牧童歸，爨烟結露

黄粱熟正是山家入暮時
長老向前忽見那村舍門裡走出一個老者即與相見道了問訊那老者問道僧家從那里來三藏道貧僧乃東土大唐欽差往西天求經者適路過寶方天色將晚特求檀府告宿一宵老者笑道你貴處到我這里程途迢遞怎麽涉水登山獨自到此三藏道貧僧還有三個頑徒同來老者問高徒何在三藏用手指道那大路傍立的便是老者猛擡頭看見他每面貌醜陋急回身往裡就走被三藏扯住道老施主千萬慈悲告借一宿老者戰兢兢箝口難言搖着頭擺着手道不像不像不像人模樣是幾是幾個妖精三

傳神

藏陪笑道施主切休恐懼我徒弟生得是這等相貌不是妖精老者道爺爺啞一個夜又一個馬面一個雷公行者聞言厲聲高叫道雷公是我孫子夜又是我重孫馬面是我玄孫哩那老者聽見魂散魄飛面容失色只要進去三藏攙住他同到草堂陪笑道老施主不要怕他他都是這等粗魯不會說話正勸解處只見後面走出一個婆婆攜着五六歲的一個小孩兒道爺爺為何這般驚恐老者纔叫媽媽看茶來那婆婆真個丟了孩兒入裡面捧出兩杯茶來茶罷三藏却轉下來對婆婆作禮道貧僧是東土大唐差往西天取經的才到貴處拜求尊府借宿因是我三

俺徒弟貌醜老家長見了虛驚也婆婆道見貌醜的就這等虛驚若見了老虎豺狼却怎麼好老者道媽媽嘡人面醜陋還可只是言語一發諕人我說他像夜义馬面雷公他吆喝道雷公是他孫子夜义是他重孫馬面是他玄孫我聽此言故此悚懼唐僧道不是不是像雷公的是我大徒孫悟空像馬面的是我二徒豬悟能像夜义的是我三徒沙悟淨他們雖是醜陋却也秉教沙門皈依善果不是甚麼惡魔毒怪怕他怎的公婆兩個聞說他名號皈正沙門之言却纔定性回驚教請來請來長老出門叫來又分付道適才這老者甚惡你等今進去相見切勿抗禮各要

尊重些。八戒道。我俊秀。我斯文。不比師兄撒潑。行者笑道
不是嘴長耳大臉醜。便也是一個好男子。沙僧道。莫爭講
這里不是那抓乖弄俏之處。且進去。且進去。一齊把行囊
馬匹。都到草堂上。齊同唱了個喏。坐定。那媽媽兒賢慧。即
便攜轉小兒。分付煮飯。安排一頓素齋。他師徒吃了。漸漸
晚了。又掌起燈來。都在草堂上閑敘。長老纔問施主高姓
老者道。姓楊。又問年紀。老者道七十四歲。又問幾位令郎
老者道。止得一個。適纔媽媽攜的是小孫。長老請令郎相
見拜揖。老者道。那廝不中拜。老拙命苦。養不着他。如今不
在家了。三藏道。何方生理。老者點頭而嘆。可憐可憐。若肯

何方生理是吾之幸也那廝專生惡念不務本等專好打家截道殺人放火相交的都是些狐群狗黨自五日之前出去至今未回三藏聞說不敢言喘心中暗想道或者悟空打殺的就是也長老神思不安欠身道善哉善哉如此賢父母何生惡逆兒行者近前道老官兒似這等不良不肖奸盜邪淫之子連累父母要他何用等我替你尋他來打殺了罷老者道我待也要送了他奈何再無以次人丁縱是不才一定還留他與老漢掩土沙僧與八戒笑道師兄莫管閑事你我不是官府他家不肯與我何干且告施主見賜一束草兒在那廂打鋪睡覺天明走路老者即起

身着沙僧到後園裡拿兩個稻草敎他每在園中草團瓢內安歇行者牽了馬八戒挑了行李同長老俱到團瓢內安歇不題却說那夥賊內果有老楊的兒子自天早在山前被行者打死兩個賊首他們都四散逃生約摸到四更時候又結了一夥在門前打門老者聽得門响即披衣道媽媽那厮回來也媽媽道既來你去開門放他來家老者方纔開門只見那一夥賊都嚷道餓了餓了這老楊的兒子忙入裡面叫起妻子來打米煑飯却厨下無柴往後園裡拿柴到厨房裡問妻子道後園白馬是那里的妻子道是東土取經的和尚昨晚至此借宿公公婆婆管待他一

頓晚齋。教他在草團瓢內睡哩。那厮聞言。走出草堂。拍手打掌笑道。兄弟們。造化造化。冤家在我家裡也。衆賊道。那個冤家。那厮道。却是打死我們頭兒的和尚。來我家借宿現睡在草團瓢裡。衆賊道。却好却好。拿住這些禿驢。一個個剁成肉醬。一則得那行囊白馬。二來與我們頭兒報仇那厮道。且莫忙。你們且去磨刀。等我煮飯熟了。大家吃飽些。一齊下手。真個那些賊磨刀的磨刀。磨鎗的磨鎗。那老兒聽得此言。悄悄的走到後園。叫起唐僧四位道。那厮領衆來了。知得汝等在此。意欲圖害。我老拙念你遠來。不忍傷害。快早收拾行李。我送你往後門出去罷。三藏聽說戰兢兢的叩頭謝了老者。即喚八戒牽馬。沙僧挑擔。行者拿了九環錫杖。老者開後門放他去了。依舊悄悄的來前睡下。却說那厮們。磨快了刀鎗。吃飽了飯食。時已五更天氣。一齊來到園中看處。却不見了。即忙點燈着火。尋勾多時。四無踪跡。但見後門開着。都道從後門走了。走了。發一聲喊。赶將上來。一個個如飛似箭。直赶到東方日出。却纔望見唐僧。那長老忽聽得喊聲。回頭觀看。後面有二三十人。鎗刀簇簇而來。便教徒弟阿賊兵追至。怎生奈何。行者道。放心放心。老孫了他去來。三藏勒馬道。悟空切莫傷人。只說退他便罷。行者那肯聽信。急掣棒。回首相迎道。列位那里去。衆賊罵道。禿厮無禮。還我大王的命來。那厮每圈子陣把行者圍在中間。舉鎗刀亂砍亂搠。這大聖把金箍棒幌一幌。碗來粗細。把那夥賊打得星落雲散。攩着的就死。挽着的就亡。磕着的骨折。擦着的皮傷。乖些的跑脫幾個。痴些的都見閻王。三藏在馬上見打倒許多人。慌的放馬奔西。猪八戒沙和尚緊隨鞭凳而去。行者問那不死帶傷的賊人道。那個是那楊老兒的兒子。那賊哼哼的告道。爺爺。那穿黃的是。行者上前奪過刀來。把個穿黃的。割下頭來。血淋淋提在手中。收了鐵棒。拽開雲步。赶到唐僧馬前。提着頭道。師父。這是楊老兒的逆子。被老孫取將首級來他三藏見了大驚失色慌得跌下馬來罵道這潑猢猻諕殺我也快拿過快拿過八戒上前將人頭一脚踢下路傍使釘鈀築些土蓋了沙僧放下擔子攙着唐僧道師父請起那長老在地下正了性口中念起緊箍兒咒來把個行者勒得耳紅面赤眼脹頭昏在地下打滾只叫莫念莫念那長老念勾有十餘遍還不住口行者翻觔斗竪蜻蜓其痛難禁只叫師父饒我罪罷有話便說莫念莫念三藏却纔住口道沒話說我不要你跟了你回去罷行者忍疼磕頭道師父怎的就赶我去耶三藏道你這潑猴可惡太甚不是個取經之人昨日在山坡下打死那兩個賊頭我已

怪你不仁。反曉了。到老者之家。蒙他賜齋借宿。又蒙他開後門放我等逃了性命。雖然他的兒子不肖。與我無干。也不該梟他首級。況又殺死多人。壞了多少生命。傷了天地多少和氣。屢次勸你。更無一毫善念。要你何爲。快走快走免得又念眞言。行者害怕。只教莫念莫念。我去也。說聲去一路觔斗雲。無影無蹤。遂不見了。咦。這正是

心有兇狂丹不熟　神無定位道難成

畢竟不知那大聖投向何方。且聽下回分解

總批

唐三藏甚是腐氣可厭可厭○此回回極有微意吾入

怒是大病乃心之奴也非心之主也一怒此心便要走漏懲忿不遷怒此聖學之所拳拳也讀者著眼

又批

唐三藏對强盗云這世裡做好漢那世裡變畜生是真實話非誑語也做盗賊者念之凡有盗賊之心者都念之

第五十七回

眞行者落伽山訴苦　假猴王水簾洞謄文

却說孫大聖惱惱悶悶、起在空中、欲待回花果山水簾洞、恐本洞小妖見笑、笑我出乎爾反乎爾、不是個大丈夫之器、欲待要投奔天宮、又恐天宮內不容久住、欲待要投海島、却又羞見那三島諸仙、欲待要奔龍宮、又不伏氣求告龍王、眞個是無依無倚、苦自忖量道、罷罷罷、我還去見我師父、還是正果、遂按下雲頭、徑至三藏馬前侍立道、師父恕弟子這遭、向後再不敢行兇、一一受師父教誨、千萬還得我保你西天去也、唐僧見了、更不答應、兜住馬、即念緊

出乎爾反乎爾用得

箍兒咒顛來倒去又念有二十餘遍把大聖咒倒在地箍兒陷在肉裡有一寸來深淺方纔住口道你不回去又來纏我怎的行者只教莫念莫念我是有處過日子的只怕你無我去不得西天三藏發怒道你這猢猻殺生害命連累了我多少如今實不要你了我去得去不得不干你事快走快走遲了些兒我又念真言這番決不住口把你腦漿都勒出來哩大聖疼痛難忍見師父更不回心沒奈何只得又駕觔斗雲起在空中忽然省悟道這和尚負了我心我且向普陀崖告訴觀音菩薩去來好大聖撥回觔斗那消一個時辰早至南洋大海住下祥光直至落伽山上

撞入紫竹林中忽見木叉行者迎面作禮道大聖何往行
者道要見菩薩木叉即引行者至朝雲洞口又見善財童
子作禮道大聖何來行者道有事來告菩薩善財聽見一
個告字笑道好刁嘴猴兒還像當時我拿住唐僧被你欺
哩我菩薩是個大慈大悲大願大乘救苦救難無邊無量
的聖善菩薩有甚不是處你要告他行者滿懷悶氣一聞
此言心中怒發喝的一聲把善財童子喝了個倒退道這
個背義忘恩的小畜生着實愚魯你那時節作怪成精我
請菩薩收了你皈正迦持如今得這等極樂長生自在逍
遥與天同壽還不拜謝老孫轉倒這般侮慢我是有事來

告求菩薩。卻怎麽說我才嘴要告菩薩。善財陪笑道。還是個急猴子。我與你作笑耍子。你怎麽就變臉了。正講處。只見白鸚歌飛來飛去。知是菩薩呼喚。木叉與善財遂向前引導至寶蓮下。行者望見菩薩。倒身下拜。止不住淚如泉湧。放聲大哭。菩薩教木叉與善財扶起道。悟空有甚傷感之事。明明說來。莫哭莫哭。我與你救苦消災也。行者垂淚再拜道。當年弟子爲人。曾受那個氣來。自蒙菩薩解脫天災。秉教沙門。保護唐僧往西天拜佛求經。我弟子捨身拚命。救解他的魔瘴。就如老虎口裡奪脆骨。蛟龍背上揭生鱗。只指望歸眞正果。洗業除邪。怎知那長老背義忘恩。直

迷了一片善緣更不察皂白之苦菩薩道且說那皂白原因來我聽行者即將那打殺艸寇前後始終細陳了一遍

却說唐僧因他打死多人心生怨恨不分皂白遂念緊箍兒咒趕我幾次上天無路入地無門特來告訴菩薩菩薩道唐三藏奉旨投西一心要秉善爲僧决不輕傷性命似你有無量神通何苦打死許多艸寇艸寇雖是不良到底是個人身不該打死比那妖禽怪獸鬼魅精魔不同那個打死是你的功績這人身打死還是你的不仁但祛退散自然救了你師父據我公論還是你的不善行者擒淚叩頭道縱是弟子不善也當將功折罪不該這般逐我萬望

菩薩捨大慈悲將鬆箍兒咒念念褪下金箍交還與你放我仍往水簾洞逃生去罷菩薩笑道緊箍兒咒本是如來傳我的當年差我上東土尋取經人賜我三件寶貝乃是錦襴袈裟九環錫杖金緊禁三個箍兒秘授與咒語三篇却無甚麽鬆箍兒咒行者道既如此我告辭菩薩去也菩薩道你辭我往那里去行者道我上西天拜告如來求念鬆箍兒咒去也菩薩道你且住我與你看看祥悔如何行者道不消看只這樣不祥也勾了菩薩道我不看你看唐僧的祥悔好菩薩端坐蓮臺運心三界慧眼遥觀徧周宇宙霎時間開口道悟空你那師父頃刻之際就有傷身之

難不久便來尋你你只在此處待我與唐僧說教他還同
你去取經了成正果孫大聖只得皈依不敢造次侍立于
寶蓮臺下不題却說唐長老自趕回行者教八戒引馬沙
僧挑担連馬四口奔西走不上五十里遠近三藏勒馬道
徒弟自五更時出了村舍又被那弼馬溫着了氣惱這半
日饑又饑渴又渴那個去化些齋來我吃八戒道師父且
請下馬等我看可有隣近的庄村化齋去也三藏聞言滾
下馬來獃子縱起雲頭半空中仔細觀看一望盡是山嶺
莫想有個人家八戒按下雲來對三藏道却是沒處化齋
一望之間全無庄舍三藏道既無化齋之處且得些水來

解渴也可八戒道等我去南山澗下取些水來沙僧即取鉢盂遞與八戒八戒托著鉢盂駕起雲霧而去那長老坐在路傍等勾多時不見回來可憐口乾舌苦難熬有詩爲證

詩曰

保神養氣爲之精情性原來一稟形心亂神昏諸病作形衰精敗道元傾三花不就空勞碌四大蕭條枉費爭土水無功金水絕法身踈懶幾時分

沙僧在傍見三藏饑渴難忍八戒又不取水來只得穩了行囊拴牢了白馬道師父你自在些等我去催水來長老含淚無言但點頭相答沙僧急駕雲光也向南山而去那

師父獨鍊自熬得之太甚正在愴惶之際忽聽得一聲響亮諕得長老欠身看處原來是孫行者跪在路傍雙手捧着一個磁杯道師父沒有老孫你連水也不能勾哩這一杯好涼水你且吃口水解渴待我再去化齋長老道我不吃你的水立地渴死我當任命不要你了你去罷行者道無我你去不得西天也三藏道去得去不得不干你事潑猢猻只管來纏我做甚那行者變了臉發怒生嗔喝罵長老道你這個狠心的潑秃十分賤我輪鐵棒丟了磁杯望長老脊背上砑了一下那長老昏暈在地不能言語被他把兩個青氊包袱提在手中駕觔斗雲不知去向却說八

戒托着鉢盂。只奔山南坡下。忽見山凹之間有一座艸舍人家。原來在先看時。被山高遮住。未曾見得。今來到邊前。方知是個人家。猷子暗想道我若是這等醜嘴臉。決然怕我枉勞神思。斷然化不得齋飯。須是變好。須是變好。好猷子捻着訣念個咒。把身搖了七八搖。變作一個食癆病黄胖和尚。口裡哼哼嚌嚌的挨近門前。叫道施主。廚中有剩飯。路上有饑人。貧僧是東土來。往西天取經的。我師父在路饑渴了。家中有鍋巴冷飯。千萬化些兒救口。原來那家子。男人不在。都去插秧種穀去了。只有兩個女人在家。正纔煮了午飯。盛起兩盆。却收拾送下田。鍋裡還有些飯與鍋巴未曾盛了。那女人見他這等病容，却又說東土往西天去的話，只恐他是病昏了胡說，又怕跌倒死在門首，只得烘烘弇弇，將些剩飯鍋巴滿滿的與了一鉢。獃子拿轉來，現了本像，徑回舊路。正走間，聽得有人叫八戒，八戒擡頭看時，却是沙僧站在山崖上喊道：這裡來，這裡來。及下崖迎至面前，道：這澗裡好清水不舀，你往那里去的？八戒笑道：我到這里，見山凹子有個人家，我去化了這一鉢乾飯來了。沙僧道：飯也用着，只是師父渴得緊了，怎得水去？八戒道：要水也容易，你將衣襟來兜着這飯，等我使鉢盂去舀水。二人懽懽喜喜[illegible]路上，只見三藏面磕地倒在塵埃白馬撒韁在路傍長嘶跑跳行李担不見踪跡慌得八戒跌脚搥胸大呼小叫道不消講不消講這還是孫行者趕走的餘黨來此打殺師父搶了行李去了沙僧道且去把馬拴住只叫怎麽好怎麽好這誠所謂半途而廢中道而止也叫一聲師父滿眼抛珠傷心痛哭八戒道兄弟且休哭如今事已到此取經之事且莫說了你看着師父的屍靈等我把馬騎到那個府州縣鄉村店集賣幾兩銀子買口棺木把師父埋了我兩個各尋道路散夥沙僧實不忍捨將唐僧扳轉身體以臉溫臉哭一聲苦命的師父只見那長老口鼻中吐出熱氣胸前溫暖連叫八戒你來

師父未傷命哩這獃子纔近前扶起長老甦醒呻吟一會
駡道好潑猢猻打殺我也沙僧八戒問道是那個猢猻長
老不言只是歎息却討水吃了幾口纔說徒弟你們剛去
那悟空更來纏我是我堅執不收他遂將我打了一棒青
氊包袱却搶去了八戒聽說咬响口中牙發起心頭火道
叵耐這潑猴子怎敢這般無禮教沙僧道你伏侍師父等
我到他家討包袱去沙僧道你且休發怒我們扶師父到
那山凹人家化些熱茶湯將先化的飯熱熱調理師父再
去尋他八戒依言把師父扶上馬拿着鉢盂兜着冷飯直
至那家門首只見那家止有個老婆子在家忽見他們慌

行躲過沙僧合掌道老母親我等是東土唐朝差往西天去者師父有些不快特拜府上化口熱茶湯與他吃飯那媽媽道適纔有個食癆病和尚說是東土差來的已化齋去了又有個甚麼東土的我沒人在家請別轉轉長老聞言扶着八戒下馬躬身道老婆婆我弟子有三個徒弟合意同心保護我上天竺國大雷音拜佛求經只因我大徒弟喚孫悟空一生兇惡不遵善道是我逐回不期他暗暗走來着我背上打了一棒將我行囊衣鉢搶去如今要着一個徒弟尋他取討因在那空路上不是坐處特來老婆婆府上權安息一時待討將行李來就行決不敢久住那

媽媽道剛才一個食癆病黃胖和尚他化齋去了也說是東土往西天去的怎麽又有一起八戒忍不住笑道就是我因我生得嘴長耳大恐你家害怕不肯與齋故變作那等模樣你不信我兄弟衣兜裡不是你家鍋巴飯那媽媽認得果是他與的飯遂不拒他留他們坐了却燒了一確熱茶遞與沙僧泡飯沙僧即將冷飯泡了遞與師父師父吃了幾口定性多時道那個去討行李八戒道我前年因師父趕他回去我曾尋他一次認得他花果山水簾洞等我去等我去長老道你去不得那猢猻原與你不和你又說話粗魯或一言兩句之間有些差池他就要打你着悟

靜去罷沙僧應承道我去我去長老又分付沙僧道你到那里須看個頭勢他若肯與你包袱你就假謝謝拿來若不肯切莫與他爭競徑至南海菩薩處將此情告訴請菩薩去問他要沙僧一一聽從向八戒道我今尋他去你千萬莫僝僽好生供養師父這人家亦不可撒潑恐他不肯供飯我去就回八戒點頭道我理會得但你去討得討不得趁早回來不要弄做尖担擔柴兩頭脫也沙僧遂捻了訣駕起雲光直奔東勝神洲而去真個是

身在神飛不守舍　有爐無火怎燒丹
黄婆別主求金老　木母延師奈病顏
此去不知何日返　這回難量幾時還

五行生尅情無順只待心猿復進關

那沙僧在半空裡行經三晝夜方到了東洋大海忽聞波浪之聲低頭觀看真個是黑霧漲天陰氣盛滄溟銜日曉光寒他也無心觀翫望仙山渡過瀛洲向東方直抵花果山界乘海風踏水勢又多時却望見高峯排戟峻壁懸屏即至峯頭按雲找路下山尋水簾洞步近前只聽得一派喧聲見那山中無數猴精滔滔亂嚷沙僧又近前仔細再看原來是孫行者高坐石臺之上雙手扯着一張紙朗朗的念道

東土大唐王皇帝李　駕前勅命御弟聖僧陳玄奘法

師上西方天竺國娑婆靈山大雷音寺專拜如來佛祖求經朕因促病侵身魂遊地府幸有陽數臻長感冥君放送回生廣陳善會修建度亡道場盛蒙救苦救難觀世音菩薩金身出現指示西方有佛有經可度幽亡超脫特著法師玄奘遠歷千山詢求經偈倘過西邦諸國不滅善緣照牒施行

大唐貞觀一十三年秋吉日御前文牒自別大國以來經度諸邦中途收得大徒弟孫悟空行者二徒弟猪悟能八戒三徒弟沙悟靜和尚念了從頭又念沙僧聽得是通關文牒止不住近前厲聲高叫師兄師父的關文你念他怎

的那行者聞言急擡頭不認得是沙僧叫拿來拿來衆猴一齊圍繞把沙僧拖拖扯扯拿近前來喝道你是何人擅敢近吾仙洞沙僧見他變了臉不肯相認只得朝上行禮道上告師兄前者實是師父性暴錯怪了師兄把師兄咒了幾遍逐趕囘家一則弟等未曾勸解二來又爲師父饑渴去尋水化齋不意師兄好意復來又怪師父執法不留遂把師父打倒昏暈在地將行李搶去後救轉師父特來拜兄若不恨師父還念昔日解脫之恩同小弟將行李囘見師父共上西天了此正果倘怨恨之深不肯同去千萬把包袱賜弟兄在深山樂桑榆晚景亦誠兩全其美也行

者聞言呵呵冷笑道賢弟此論甚不合我意我打唐僧搶
行李不因我不上西方亦不因我愛居此地我今熟讀了
牒文我自已上西方拜佛求經送上東土我獨成功教那
南瞻部洲人立我爲祖萬代傳名也沙僧笑道師兄言之
欠當自來沒個孫行者取經之說我佛如來造下三藏眞
經原著觀音菩薩向東土尋取經人求經要我們苦歷千
山詢求諸國保護那取經人菩薩曾言取經人乃如來門
生號曰金蟬長老只因他不聽佛祖談經貶下靈山轉生
東土教他果正西方復修大道遇路上該有這般魔障解
脫我等三人與他做護法兄若不得唐僧去那個佛祖肯

傳經與你却不是空勞一場[illegible]思也那行者道賢弟你原
來懞懂但知其一不知其二諒你說你有唐僧同我保護
我就沒有唐僧我這里另選個有道的眞僧在此老孫獨
力扶持有何不可已選明日起身去矣你不信待我請來
你看叫小的們快請老師父出來果跑進去牽出一疋白
馬請出一個唐三藏跟着一個八戒挑着行李一個沙僧
拿着錫杖這沙僧見了大怒道我老沙行不更名坐不改
姓那里又有一個沙和尚不要無禮吃我一杖好沙僧雙
手舉降妖杖把一個假沙僧劈頭一下打死原來這是一
個猴精那行者惱了輪金箍棒帥衆猴把沙僧圍了沙僧

至此乎

東冲西撞打出路口縱雲霧逃生道這潑猴如此憊懶我告菩薩那行者見沙僧打死一個猴精、把沙和尚逼得走了他也不來追趕回洞、教小的們把打死的妖屍拖在一邊、剝了皮取肉煎炒、將椰子酒葡萄酒、同群猴都吃了。另選一個會變化的妖猴、還變一個沙和尚從新教道。要上西方不題、沙僧一架雲離了東海、行經一晝夜到了南海正行時、早見落伽山不遠、急至前低停雲霧觀看。好去處果然是

包乾之奧括坤之區會百川而浴日滔星歸衆流而生風漾月、潮發騰凌大鯤化波翻浩蕩、巨鰲游水通西北

海波合正東洋。四海相連同地脈。仙方洲島各仙宮。休言滿地蓬萊。且看普陀雲洞。好景致。山頭霞彩壯元精。岩下祥風漾月晶。紫竹林中飛孔雀。綠楊枝上語靈鸚。琪花瑶草年年秀。寶樹金蓮歲歲生。白鶴幾番朝頂上。素鸞數次到山亭。游魚也解修真性。躍浪穿波聽講經。

沙僧徐步落伽山。正看仙境。只見木叉行者當面相迎道。沙悟靜。你不保唐僧取經。却來此何幹。沙僧作禮畢道。有一事。特來朝見菩薩。煩爲引見引見。木叉情知是尋行者。更不題起。即先進去。對菩薩道。外有唐僧的小徒弟沙悟靜朝拜。孫行者在臺下聽見笑道。這定是唐僧有難。沙僧來請菩薩的即命木叉門外叫進這沙僧倒身下拜拜罷擡頭正欲告訴前事會見孫行者站在傍邊等不得說話就掣降妖杖望行者劈頭便打這行者更不回手徹身躲過沙僧口裡亂罵道我把你個犯十惡造反的潑猴你又來影瞞菩薩哩菩薩喝道悟淨不要動手有甚事先與我說沙僧收了寶杖再拜臺下氣冲冲的對菩薩道這猴一路行兇不可數計前日在山坡下打殺兩個剪路的強人師父怪他不期晚間就宿在賊窩主家裡又把一夥賊人盡情打死又血淋淋提一個人頭來與師父看師父諕得跌下馬來罵了他幾句趕他回來分別之後師父饑渴太

甚教八戒去尋水久等不來又教我去尋他不期孫行者見我二人不在復回來把師父打一鐵棍將兩個青氊包袱搶去我等回來將師父救醒特來他水簾洞尋他討包袱不想他變了臉不肯認我將師父闗文念了又念我問他念了做甚他說不像唐僧他要自上西天取經送上東土算他能功果立他爲祖萬古傳揚我又說沒唐僧那肯傳經與你他說他選了一個有道的眞僧及請出果是一匹白馬一個唐僧後隨着八戒沙僧我道我便是沙和尚那里又有個沙和尚是我趕上前打了他一寶杖原來是個猴精他就帥衆拿我是我特來告訴菩薩不知他會使

筋斗雲預先到此處又不知他將甚巧語花言影瞞菩薩也菩薩道悟靜不要賴人悟空到此今已四日我更不曾放他回去他那里有另請唐僧自去取經之事沙僧道見如今水簾洞有一個孫行者怎敢欺誑菩薩道既如此你休發急教悟空與你同去花果山看看是真難滅是假易除到那里自見分曉這大聖聞言即與沙僧辭了菩薩這一去到那

花果山前分皂白　水簾洞口辨真邪

畢竟不知如何分辨且聽下回分解

總批

行者雖是假的，打死唐僧，亦是快事。不然，這等腐和尚不打死他如何。

篇中直迷了一片善緣，却是一句有眼的說話。不獨惡緣迷人，善緣亦是迷人。所以說好事不如無，學問以無善無惡爲極則也。若有善便有不善了，所以說善緣迷人，惜知此者少耳。

天下無一事無假，唐僧、行者、八戒、沙僧、白馬都假，到矣。又何怪乎道學之假也。

第五十八回

二心攪亂大乾坤　一體難修眞寂滅

這行者與沙僧拜辭了菩薩縱起兩道祥光離了南海原來行者觔斗雲快沙和尚仙雲覺遲行者就要先行沙僧扯住道大哥不必這等藏頭露尾先去安排待小弟與你一同走大聖本是良心沙僧却有疑意眞個二人同駕雲而去不多時果見花果山按下雲頭二人洞外細看果見一個行者高坐石臺之上與群猴飲酒作樂模樣與大聖無異也是黄髮金箍金睛火眼身穿也是錦布直裰腰繫虎皮裙手中也拿一條兒金箍鐵棒足下也踏一雙麂皮

靴也是這等毛臉雷公嘴朔腮別土星查耳額顱濶獠牙向外生這大聖怒發一撒手撇了沙和尚掣鐵棒上前罵道你是何等妖邪敢變我的相貌敢占我的兒孫擅居吾仙洞擅作這威福那行者見了公然不答也使鐵棒來迎

兩行者相殺極妙

二行者在一處果是不分真假好打哑

兩條棒二猴精這場相敵不非輕都要護持唐御弟各施功績立英名真猴實受沙門教假妖虛稱佛子情蓋爲神通多變化無真無假兩相平一箇是混元一氣齊天聖一箇是久煉千靈縮地精這個是如意金箍棒那個是隨心鐵桿兵隔架遮攔無勝敗撑持抵敵沒輸贏

先前交手洞門外。少頃爭持在半空。
他兩個各踏雲光。跳鬬上九霄雲內。沙僧在傍。不敢下手。
見他每戰此一場。誠然難認真假。欲待拔刀相助。又恐傷
了真的。忍耐良久。且縱身跳下山崖。使降妖寶杖。打近水
簾洞外。驚散群妖。掀翻石凳。把飲酒食肉的器血。盡情打
碎。尋他的青氈包袱。四下里全然不見。原來他水簾洞本
是一股瀑布飛泉。遮掛洞門。遠看似一條白布簾兒。近看
乃是一股水脈。故曰水簾洞。沙僧不知進步來歷。故此難
尋。即便縱雲。趕到九霄雲裡。輪着寶杖。又不好下手。大聖
道。沙僧。你既助不得力。且回覆師父。說我等這般這般被

老孫與此妖打上南海落伽山菩薩前辨個眞假道罷那行者也如此說沙僧見兩個相貌聲音更無一毫差別皂白難分只得依言撥轉雲頭回覆唐僧不題你看那兩個行者且行且鬪直嚷到南海徑至落伽山打打罵罵喊聲不絕早驚動護法諸天即報入潮陽洞裡道菩薩果然兩個孫悟空打將來也那菩薩與木叉行者善才童子龍女降蓮臺出門喝道那業畜那里走這兩個遞相揪住道菩薩這廝果然像弟子模樣才自水簾洞打起戰鬪多時不分勝負沙悟靜肉眼愚蒙不能分識有力難助是弟子教他回西路去回師父我與這廝打到寶山借菩薩慧眼與

弟子認個真假辨明邪正道罷那行者也如此說一遍衆諸天與菩薩都看良久莫想能認菩薩道且放了手兩邊站下等我再看果然撒手兩邊站定這邊說我是真的那邊說他是假的菩薩喚木叉與善才上前悄悄分付你一個幫住一個等我暗念緊箍兒咒看那個害疼的便是真不疼的便是假他二人果各幫一個菩薩暗念真言兩個一齊喊疼都抱着頭地下打滾只叫莫念莫念菩薩不念他兩個有一齊揪住照舊嚷鬬菩薩無計奈何即令諸天木叉上前助力衆神恐傷真的亦不敢下手菩薩叫聲孫悟空兩個一齊荅應菩薩道你當年官拜弼馬溫大鬧天

宮時神將皆認得你你且上界去分辨回話這大聖謝恩
那行者也謝恩二人扯扯拉拉口裡不住的嚷鬬徑至南
天門外慌得那廣月天王帥馬趙溫關四大天將及把門
大小衆神各使兵器擋住道那里走此間可是爭鬬之處
大聖道我因保護唐僧往西天取經在路上打殺賊徒那
三藏赶我回去我徑到普陀崖見觀音菩薩訴告不想這
妖精幾時就變作我的模樣打倒唐僧搶去包袱有沙僧
至花果山尋討只見那妖精占了我的巢穴後到普陀崖
告請菩薩又見我侍立臺下沙僧誑說是我駕觔斗雲又
先在菩薩處遮飾菩薩卻是個正明不聽沙僧之言命我

同他到花果山看驗原來這妖精果像老孫模樣才自水
簾洞打到落伽山見菩薩菩薩也難識認故打至此間煩
諸天眼力與我認個真假道罷那行者也似這般這般說
了一遍衆天神看勾多時也不能辨他兩個吆喝道你們
既不能認讓開路等我們去見玉帝衆神搪抵不住放開
天門直至靈霄寶殿馬元帥同張葛許丘四天師奏道下
界有一般兩個孫悟空打進天門口稱見主說不了兩個
直嚷進來諕得那玉帝即降立寶殿問曰你兩個因甚事
擅鬧天宮嚷至朕前尋死大聖口稱萬歲萬歲臣今皈命
秉教沙門再不敢欺心誑上只因這個妖精變作臣的模

樣如此如彼把前情備陳了一遍望乞與臣辨個眞假那行者也如此陳了一遍玉帝卽傳旨宣托塔李天王教把照妖鏡來照這廝誰眞誰假教他假滅眞存天王卽取鏡照住請玉帝同衆神觀看鏡中乃是兩個孫悟空的影子金箍衣服毫髮不差玉帝亦辨不出趕出殿外這大聖呵呵冷笑那行者也哈哈懽喜揪頭抹頸復打出天門墜落西方路上道我和你見師父去我和你見師父去却說那沙僧自花果山辭他兩個又行了三晝夜回至本莊把前事對唐僧說了一遍唐僧自家悔恨道當時只說是孫悟空打我一棍搶去包袱豈知却是妖精假變的行者沙僧

又告道這妖又假變一個長老一匹白馬又有一個八戒挑着我們包袱又有一個變作是我我忍不住一怒一杖打死原是一個猴精因此驚散又到菩薩處訴告菩薩着我與師兄又同去識認那妖果與師兄一般模樣我難助力故先來回覆師父三藏聞言大驚失色八戒哈哈大笑道好好好應了這施主家婆婆（好照管）之言了他說有幾起取經的這却不又是一起那家老老小小都來問沙僧道你這幾日往何處討盤纏去的沙僧笑道我往東勝神洲花果山尋大師兄取討行李又到南海落伽山拜見觀音菩薩却又到花果山方才轉回至此那老者又問往返有多少

路程沙僧道約有二十餘萬里老者道爺爺啞似這幾日就走了這許多路只除是駕雲方能勾得到八戒道不是駕雲怎得過海沙僧道我們那算得走路若是我大師兄只消一二日可往回也那家子聽言都說是神仙八戒道我們雖不是神仙神仙還是我們的晚輩哩正說間只聽半空中喧嘩亂嚷慌得都出來看却是兩個行者打將來八戒見了忍不住手癢道等我去認認看好獃子急縱身跳起望空高叫道師兄莫嚷我老豬來也那兩個一齊應道兄弟來打妖精來打妖精那家子又驚又喜道是幾位騰雲駕霧的羅漢歇在我家就是發願齋僧的也齋不着

這等好人更不計較茶飯愈加恭養又說這兩個行者只怕鬪出不好來地覆天翻作禍在那里三藏見那老者當面是喜背後是憂即開言道老施主放心莫生憂歎貧僧收伏了徒弟去惡歸善自然謝你那老者滿口回答道不敢不敢沙僧道施主休講師父可坐在這里等我和二哥去一家扯一個來到你面前你就念念那話兒看那個害疼的就是眞的不疼的就是假的三藏道言之極當沙僧果起在半空道二位住了手我同你到師父面前辨個眞假去這大聖放了手那行者也放了手沙僧攙住一個叫道二哥你也攙住一個果然攙住落下雲頭徑至艸舍門

外三藏見了就念緊箍兒咒二人一齊叫苦道我們這等苦鬬你還咒我怎的莫念莫念那長老本心慈善遂住了口不念却也不認得眞假他兩個掙脫手依然又打這大聖道兄弟們保着師父等我與他打到閻王前折辨去也那行者也如此說二人抓抓挜挜須臾又不見了八戒道沙僧你既到水簾洞看見假八戒挑着行李怎麼不搶將來沙僧道那妖精見我使寶杖打他假沙僧他就亂圍上來要拿是我顧性命走了及告菩薩與行者復至洞口他兩個打在空中是我去掀翻他的石凳打散他的小妖只見一股瀑布泉水流竟不知洞門開在何處尋不着行李

所以空手回覆師命也八戒道你原來不曉得我前年請他去時先在洞門外相見後被我說泛了他他就跳下去洞裡換衣來時我看見他將身往水裡一鑽那一股瀑布水流就是洞門想必那怪將我們包袱收在那裡面也三藏道你既知此門你可趁他都不在可先到他洞裏取出包袱我們往西天去罷他就來我也不用他了八戒道我去沙僧說二哥他那洞前有千數小猴你一人恐弄他不過反爲不美八戒笑道不怕不怕急出門縱着雲霧徑上花果山尋取行李不題却說那兩個行者又打嚷到陰山背後諕得那滿山鬼戰戰兢兢藏藏躲躲有先跑的撞入

陰司門裡報上森羅寶殿道大王背陰山上有兩個齊天大聖打將來也慌得那第一殿秦廣王傳報與二殿楚江王三殿宋帝王四殿卞城王五殿閻羅王六殿平等王七殿泰山王八殿都市王九殿忤官王十殿轉輪王一殿轉一殿霎時間十王會齊又著人飛報與地藏王盡在森羅殿上點聚陰兵等擒眞假只聽得那强風滾滾慘霧漫漫二行者一翻一滾的打至森羅殿下陰君近前擋住道大聖有何事鬧我幽冥這大聖道我因保唐僧西天取經路過西梁國至一山有强賊截劫我師是老孫打死幾個師父怪我把我逐回我隨到南海菩薩處訴告不知那妖精

怎麼就綽着尸氣假變作我的模樣在半路上打倒師父搶奪了行李師弟沙僧向我本山取討包袱這妖假立師名要往西天取經沙僧逃遁至南海見菩薩我正在側他備說原因菩薩又命我同他至花果山觀看果被這廝占了我巢穴我與他爭辨到菩薩處其實相貌言語等俱一般菩薩也難辨眞假又與這廝打上天堂衆神亦果難辨因見我師我師念緊箍兒試驗與我一般疼痛故此鬧至幽冥望陰君與我查看上死簿看假行者是何出身快早追他魂魄免教二心沌亂那怪亦如是說一遍陰君聞言即喚管簿判官一一從頭查勘更無個假行者之名再看

毛虫文簿那猴子一百三十條已是孫大聖幼年得道之時大鬧陰司消死名一筆勾之自後來凡是猴屬盡無名號查看畢當殿回報陰君各執笏對行者道大聖幽冥處既無名號可查你還到陽間去折辨正說處只聽得地藏王菩薩道且住且住等我着諦聽與你聽個真假原來那諦聽是地藏菩薩經案下伏的一個獸名他若伏在地下一霎時將四大部洲山川社稷洞天福地之間蠃虫鱗虫毛虫羽虫昆虫天仙地仙神仙人仙鬼仙可以照鑑善惡察聽賢愚那獸奉地藏鈞旨就于森羅庭院之中俯伏在地須臾擡起頭來對地藏道怪名雖有但不可當面說破

又不能助力擒他地藏道當面說出便怎麼諦聽道當面說出恐妖精惡發搔擾寶殿致令陰府不安又問何爲不能助力擒拿諦聽道妖精神通與孫大聖無二幽冥之神能有多少法力故此不能擒拿地藏道似這般怎生祛除諦聽道佛法無邊地藏早已省悟即對行者道你兩個形容如一神通無二若要辨明須到雷音寺釋迦如來那里方得明白兩個一齊嚷道說的是說的是我和你西天佛祖之前折辨去那十殿陰君送出謝了地藏回上翠雲宮十二使閉了幽冥關隘不題看那兩個行者飛雲奔霧打上西天有詩爲證

人有二心生禍災，天涯海角致疑猜。欲思寶馬三公位，又憶金鑾一品臺。南征北討無休歇，東擋西除未定哉。禪門須學無心訣，靜養嬰兒結聖胎。

他兩個在那半空裡扯扯拉拉，抓抓摋摋，且行且鬬，直嚷至大西天靈鷲仙山雷音寶剎之外。早見那四大菩薩、八大金剛、五百阿羅、三千揭諦、比丘尼、比丘僧、優婆塞、優婆夷諸大聖衆，都到七寶蓮臺之下，淨聽如來說法。那如來正講到這

奇筆幻思一至于此

不有中有，不無中無；不色中色，不空中空。非有為有，非無為無；非色為色，非空為空。空即是空，色即是色。色無

定色色即是空空無定空空即是色知空不空知色不色名爲照了始達妙音衆稽首皈依流通誦讀之際如來降天花普散繽紛即離寶座對大衆道汝等俱是一心且看二心競鬥而來也（著眼）大衆舉目看之果是兩個行者吆天喝地打至雷音勝境慌得那八大金剛上前擋住道汝等欲往那里去這大聖道妖精變作我的模樣欲至寶蓮臺下煩如來爲我辨個虛實也衆金剛抵擋不住直嚷至臺下跪于佛祖之前拜告道弟子保護唐僧來造寶山求取眞經一路上煉魔縛怪不知費了多少精神前至中途偶遇强徒劫擄委是弟

子二次打傷幾個師父怪我趕回不容同拜如來金身弟子無奈只得投奔南海見觀音訴苦不期這個妖精假變弟子聲音相貌將師父打倒把行李搶去師弟悟靜尋至我山被這妖假揑巧言說有眞僧取經之故悟靜脫身至南海備說詳細觀音知之遂令弟子同悟靜再至我山因此兩人比併眞假打至南海又打到天宮又曾打見唐僧打見冥府俱莫能辨認故此大膽輕造乞大開方便之門廣垂慈憫之念與弟子辨明邪正庶好保護唐僧親拜金身取經回東土永揚大教大衆聽他兩張口一樣聲俱說一遍衆亦莫辨惟如來則通知之正欲道破忽見南下

綵雲之間來了觀音參拜我佛、我佛合掌道觀音尊者。你看那兩個行者。誰是眞假菩薩道前日在弟子荒境委不能辨他。又至天宮地府亦俱難認。特來拜告如來千萬與他辨明辨明。如來笑道汝等法力廣大。只能普閱周天之事。不能徧識周天之物。亦不能廣會周天之種類也菩薩又請示周天種類。如來才道周天之類。有五仙。乃天地神人鬼有五蟲。乃蠃鱗毛羽昆這廝非天非地非神非人非鬼亦非蠃非毛非羽非昆。又有四猴混世不入十類之種菩薩道敢問是那四猴如來道

第一是靈明石猴。通變化、識天時知地利移星換斗。

第二是赤尻馬猴。曉陰陽會人事善出入避死延生。
第三是通臂猿猴。拿日月縮千山辨休咎乾坤摩弄
第四是六耳獼猴。善聆音能察理。知前後萬物皆明。
此四猴者。不入十類之種不達兩間之名。我觀假悟空乃
六耳獼猴也此猴若立一處能知千里外之事凡人說話。
亦能知之。故此善聆音。能察理。知前後萬物皆明。與眞悟
空同像同音者。六耳獼猴也。那獼猴聞得如來說出他的
本像。胆戰心驚急縱身跳起來就走。如來見他走時。即令
大衆下手。早有四菩薩。八金剛五百阿羅三千揭諦比丘
僧比丘尼優婆塞優婆夷觀音木叉。一齊圍繞孫大聖也

要上前。如來道悟空休動手。待我與你擒他。那獼猴毛骨悚然料著難脫。即忙搖身一變。變作個蜜蜂兒。往上便飛如來將金鉢盂撇起去。正蓋著那蜂兒落下來。大衆不知。以爲走了。如來笑云。大衆休言。妖精未走。見在我這鉢盂之下。大衆一發上前。把鉢盂揭起。果然現了本像。是一個六耳獼猴。孫大聖忍不住。輪起鐵棒。劈頭一下打死。至今絕此一種。如來不忍道聲善哉善哉。大聖道。如來不該慈憫他。他打傷我師父。搶奪我包袱。依律問他個得財傷人白晝搶奪。也該個斬罪哩。如來道。你自快去保護唐僧來此求經罷。大聖叩頭謝道。上告如來得知。那師父定是不要我我此去若不收畱却不又勞一番神思望如來方便把鬆箍兒呪念一念褪下這個金箍交還如來放我還俗去罷如來道你休亂想切莫要刁我教觀音送你去不怕他不收好生保護他去那時功成歸極樂汝亦坐蓮臺那觀音在傍聽說即合掌謝了聖恩領悟空輒駕雲而去隨後木叉行者白鸚哥一同赶上不多時到了中途州舍人家沙和尚看見急請師父拜門迎接菩薩道唐僧前日打你的乃假行者六耳獼猴也幸如來知識已被悟空打死你今須是收畱悟空一路上魔障未消必得他保護你纔得到靈山見佛取經再休嗔怪三藏叩頭道謹遵教旨正

拜謝時。只聽得正東上。狂風滾滾。衆目視之。乃豬八戒背着兩個包袱。駕風而至。獃子見了菩薩。倒身下拜道。弟子前日別了師父。至花果山水簾洞尋得包袱。果見一個假唐僧。假八戒。都被弟子打死。原是兩個猴身。却入裏方尋着包袱。當時查點。一物不少。却駕風轉此。更不知兩行者下落如何。菩薩把如來識怪之事。說了一遍。那獃子十分懽喜。稱謝不盡。師徒們拜謝了菩薩。回海。都依舊合意同心。洗寃解怒。又謝了那村舍人家。整束行囊馬匹。找大路而行。正是。

中道分離亂五行　降妖聚會合元明

神歸心舍禪方定　六識祛降丹自成

畢竟這去不知三藏幾時得面佛求經且聽下回分解

總批

讀此回思昔人真猴似猴之譏不覺失笑○昔人云一心可以幹萬事兩心不可以幹一事此回便是他註脚

又批

天下只有似者難辨所以可惡然畢竟似者有破敗真者無破敗似何益哉似何益哉

第五十九回

唐三藏路阻火焰山　孫行者一調芭蕉扇

若干種性本來同，海納無窮。千思萬慮終成妄，般般色色和融，有日功完行滿，圓明法性高隆。休教差別走西東，緊鎖牢籠。收來安放丹爐內，煉得金烏一樣紅。朗朗輝輝嬌艷，任教出入乘龍。

話表三藏遵菩薩教旨，收了行者，與八戒沙僧剪斷二心，鎖籠猿馬，同心戮力，趕奔西天。說不盡光陰似箭，日月如梭，歷過了夏月炎天，却又值三秋霜景。但見那薄雲斷絕西風緊，鶴鳴遠岫霜林錦。光景正蒼涼，山長

水更長、征鴻來北塞、玄鳥歸南陌、客路怯孤單、衲衣容易寒、

師徒四衆、進前行處、漸覺熱氣蒸人、三藏勒馬道、如今正是秋天、却怎返有熱氣、八戒道、原來不知、西方路上、有個斯哈哩國、乃日落之處、俗呼爲天盡頭、若到申酉時、國王差人上城、擂鼓吹角、混雜海沸之聲、日乃太陽眞火、落于西海之間、如火淬水、接聲滾沸、若無鼓角之聲混耳、即振殺城中小兒、此地熱氣蒸人、想必到日落之處也、大聖聽說、忍不住笑道、獃子莫亂談、若論斯哈哩國、正好早哩、以師父朝三暮二的、這等擔閣、就從小至老、老了又小、老小

三生也還不到八戒道哥呵據你說不是日落之處爲何這等酷熱沙僧道想是天時不正秋行夏令故也他三個正都爭講只見那路旁有座莊院乃是紅瓦蓋的房舍紅磚砌的垣墻紅油門扇紅漆板榻一片都是紅的三藏下馬道悟空你去那人家問個消息看那炎熱之故何也大聖收了金箍棒整肅衣裳扭捏作個斯文氣象綽下大袖徑至門前觀看那門裡忽然走出一個老者但見他

穿一領黃不黃紅不紅的葛布深衣帶一頂青不青皂不皂的篾絲涼帽手中拄一根灣不灣直不直暴節竹杖足下踏一雙新不新舊不舊搾靸鞾面似紅銅鬚

如白鍊兩道壽眉遮碧眼。一張哈口露金牙。
那老者猛擡頭看見行者吃了一驚拄着竹杖喝道你是
那里來的怪人在我這門首何幹行者答禮道老施主休
怕我我不是甚麼怪人貧僧是東土大唐欽差上西方求
經者師徒四人適至寶方見天氣蒸熱一則不解其故二
來不知地名特拜問指教一二那老者却才放心笑云長
老勿罪我老漢一時眼花不識尊顔行者道不敢老者又
問令師在那條路上行者道那南首大路上立的不是老
者教請來請來行者懽喜把手一招三藏即同八戒沙僧
牽白馬挑行李近前都對老者作禮老者見三藏丰姿標

致八戒沙僧相貌奇稀又驚又喜只得請入裡坐教小的們看茶一壁廂辦飯三藏聞言起身稱謝道敢問公公貴處遇秋何返炎熱老者道敝地喚做火燄山無春無秋四季皆熱三藏道火燄山却在那邊可阻西去之路老者道西方却去不得那山離此有六十里遠正是西方必由之路却有八百里火燄四週圍寸艸不生若過得山就是銅腦蓋鐵身軀也要化成汁哩三藏聞言大驚失色不敢再問只見門外一個小年男子推一輛紅車兒住在門傍叫聲賣糕大聖拔根毫毛變個銅錢問那人買糕那人接了錢不論好歹揭開車兒上衣裹熱氣騰騰拿出一塊糕遞

與行者。行者托在手中。好似火裡燒的灼炭。煤爐內的紅釘。你看他左手倒在右手。右手換在左手。只道熱熱熱難吃難吃。那男子笑道。怕熱莫來這里。這里是這等熱。行者道。你這漢子。好不明理。常言道。不冷不熱。五穀不結。他這等熱得狠。你這糕粉自何而來。那人道。若知糕粉米。敬求鐵扇仙。行者道。鐵扇仙怎的。那人道。鐵扇仙有柄芭蕉扇。求得來。一扇息火。二扇生風。三扇下雨。我們就布種。及時收割。故生五穀養生。不然。誠寸艸不能生也。行者聞言。急抽身走入裡面。將糕遞與三藏道。師父放心。且莫隔年焦着吃了糕。我與你說。長老接糕在手。向本宅老者道。公公

請糕老者道我家的茶飯未奉敢吃你糕行者笑道老人
家茶飯到不必賜我問你鐵扇仙在那裏住老者道你問
他怎的行者道適纔那賣糕人說此仙有柄芭蕉扇求將
來一扇息火二扇生風三扇下雨你這方布種收割才得
五穀養生我欲尋他討來搧息火燄山過去且使這方依
時收種得安生也老者道故有此說你們却無禮物恐那
聖賢不肯來也三藏道他要甚禮物老者道我這裏人家
十年拜求一度四猪四羊花紅表裡異香時果雞鵝美酒
沐浴虔誠拜倒那仙山請他出洞至此施爲行者道那山
坐落何處喚甚地名有幾多里數等我問他要扇子去老

者道，那山在西南方，名喚翠雲山，山中有一仙洞，名喚芭蕉洞，我這里衆姓人等，去拜仙山，往回要走一月，計有一千四百五六十里，行者笑道，不打緊，就去就來，那老者道且住，吃些茶飯，辦些乾粮，須得兩人做伴，那路上沒有人家，又多狼虎，非一日可到，莫當耍子，行者笑道，不用不用我去也，說一聲，忽然不見，那老者慌張道，爺爺呀，原來是騰雲駕霧的神人也，且不說這家子供奉唐僧加倍，却說那行者霎時徑到翠雲山，按住祥光，正自找尋洞口，忽然聞得丁丁之聲，乃是山林內一個樵夫伐木，行者即趁步至前，又聞得他道

雲際依依認舊林。斷崖荒艸路難尋。西山望見朝來雨
　南澗歸時渡處深
行者近前作禮道。樵哥問訊了。那樵子撇了柯斧。荅禮道
長老何往。行者道。敢問樵哥。這可是翠雲山。樵子道。正是
行者道。有個鐵扇仙的芭蕉洞。在何處。樵子笑道。這芭蕉
洞雖有。却無個鐵扇仙。只有個鐵扇公主。又名羅刹女。行
者道。人言他有一柄芭蕉扇。能熄得火焰山。敢是他麽。樵
子道。正是正是。這聖賢有這件寶貝。善能熄火。保護那方
人家。故此稱爲鐵扇仙。我這里人家。用不着他。只知他叫
做羅刹女。乃大力牛魔王妻也。行者聞言。大驚失色。心中

猜想道又是寃家了當年伏了紅孩兒說是這廝養的前在那解陽山破兒洞遇他叔子尚且不肯與水要作報仇之意今又遇他父母怎生借得這扇子耶樵子見行者沉思默慮嗟嘆不已便笑道長老你出家人有何憂疑這條小路兒向東去不尚五六里就是芭蕉洞休得心焦行者道不瞞樵哥說我是東土唐朝差往西天求經的唐僧大徒弟前年在火雲洞曾與羅剎之子紅孩兒有些言語但恐羅剎懷仇不與故生憂疑樵子道大丈夫見貌辨色只以求扇爲名莫認往時之溲話管情借得行者聞言深深唱個大喏道謝樵哥教誨我去也遂別了樵夫徑至芭蕉

洞口但見那兩扇門緊閉牢關洞外風光秀麗好去處正是那

山以石爲骨石作土之精烟霞含宿潤苔蘚助新青嵯峨勢聳欺蓬島幽靜花香若海瀛幾樹喬松棲野鶴數株衰柳語山鶯誠然是千年古跡萬載仙蹤碧梧鳴彩鳳活水隱蒼龍曲徑蘿垂掛石梯藤葛攀籠猿嘯翠巖忻月上鳥啼高樹喜晴空兩林竹蔭涼如雨一逕花濃没繡絨時見白雲來遠岫畧無定體漫隨風

行者上前叫牛大哥開門開門呀的一聲洞門開了裡邊走出一個毛兒女手中提着花籃肩上擔着鋤子真個是

一身藍縷無粧飾滿面精神有道心行者上前迎着合掌道女童累你轉報公主一聲我本是取經的和尚在西方路上難過火燄山特來拜借芭蕉扇一用那毛女道你是那寺裡和尚叫甚名字我好與你通報行者道我是東土來的叫做孫悟空和尚那毛女即便回身轉于洞內對羅刹跪下道奶奶洞門外有個東土來的孫悟空和尚要見奶奶拜求芭蕉扇過火燄山一用那羅刹聽見孫悟空三字便似撮鹽入火火上澆油骨都都紅生臉上惡狠狠怒發心頭口中罵道這潑猴今日來了叫丫鬟取披掛拿兵器來隨即取了披掛拿兩口青鋒寶劍整束出來行者在

洞外閃過偷看怎生打扮只見他
頭裹團花手帕身穿納錦雲袍腰間雙束虎觔絛微露
繡裙偏綃鳳嘴弓鞋三寸龍鬚膝褲金銷手提寶劍怒
聲高兒比月婆容貌
那羅剎出門高叫道孫悟空何在行者上前躬身施禮道
嫂嫂老孫在此奉揖羅剎咄的一聲道誰是你的嫂嫂那
個要你奉揖行者道尊府牛魔王當初曾與老孫結義乃
七兄弟之親今聞公主是牛大哥令正安得不以嫂嫂稱
之羅剎道你這潑猴既有兄弟之親如何坑陷我子行者
佯問道令郎是誰羅剎道我兒是號山枯松澗火雲洞聖

嬰大王紅孩兒被你傾了我們正沒處尋你報仇你今上門納命我肯饒你行者滿臉陪笑道嫂嫂原來不察理錯怪了老孫你令郎因是捉了師父要蒸要煑幸虧了觀音菩薩收他去救出我師他如今現在菩薩處做善財童子實受了菩薩正果不生不滅不垢不淨與天地同壽日月同庚你倒不謝老孫保命之恩返怪老孫是何道理羅刹道你這個巧嘴的潑猴我那兒雖不傷命再怎生得到我的跟前幾時能見一面行者笑道嫂嫂要見令郎有何難處你且把扇子借我搧息了火送我師父過去我就到南海菩薩處請他來見你就送扇子還你有何不可那時節

你看他可曾損傷一毫如有些須之傷你也怪得有理如
比舊時標致還當謝我羅刹道潑猴少要饒舌伸過頭來
等我砍上幾劍若受得疼痛就借扇子與你若忍耐不得
教你早見閻君行者叉手向前笑道嫂嫂切莫多言老孫
伸着光頭任尊意砍上多少但沒氣力便罷是必借扇子
用用那羅刹不容分說雙手輪劍照行者頭上乒乒乓乓
砍有十數下這行者全不認真羅刹害怕回頭要走行者
道嫂嫂那里去快借我使使那羅刹道我的寶貝原不輕
借行者道既不肯借吃你老叔一棒好猴王一隻手扯住
一隻手去耳內掣出棒來幌一幌有碗來粗細那羅刹掙

脫手。舉劍來迎行者。隨又輪棒便打。兩個在翠雲山前。不論親情。却只講仇隙。這一場好殺

裙釵本是修成怪。為子懷仇恨潑猴。行者雖然生狠怒。因師路阻讓娥流。先言拜借芭蕉扇。不展驍雄耐性柔。羅刹無知輪劍砍。猴王有意說親由。女流怎與男兒鬪。（却不道男不與女敵）到底男剛壓女流。這個金箍鐵棒多兇猛。那個霜刃青鋒甚緊稠。劈面打。照頭丟。恨苦相持不罷休。左攩右遮施武藝。前迎後架騁奇謀。却才鬪到沉酣處。不覺西方墜日頭。羅刹忙將真扇子。一搧揮動鬼神愁

那羅刹女。與行者相持到晚。見行者棒重。却又解數周密

料鬪他不過即便取出芭蕉扇幌一幌一扇陰風把行者
搧得無影無形莫想收留得住這羅刹得勝回歸那大聖
飄飄蕩蕩左沉不能落地右墜不得存身就如旋風翻敗
葉流水淌殘花滚了一夜直至天明方才落在一座山上
雙手抱住一塊峯石定性良久仔細觀看却才認得是小
須彌山大聖長歎一聲道好（那個婦人不利害）利害婦人怎麼就把老孫送
到這裡來了我當年曾記得在此處告求靈吉菩薩降黃
風怪救我師父那黃風嶺至此直南上有三千餘里今在
西路轉來乃東南方隅不知有幾萬里等我下去問靈吉
菩薩一個消息好回舊路正躊躇間又聽得鐘聲响亮急

下山坡徑至禪院那門前道人認得行者的形容即入裡面報道前年來請菩薩去降黃風怪的那個毛臉大聖又來了菩薩知是悟空連忙下寶座相迎入内施禮道恭喜取經來耶悟空答道正好未到早哩早哩靈吉道既未曾得到雷音何以回顧荒山行者道自上年蒙盛情降了黃風怪一路上不知歷過多少苦楚今到火燄山不能前進詢問土人說有個鐵扇仙芭蕉扇搧得火滅老孫特去尋訪原來那仙是牛魔王的妻紅孩兒的母他說我把他兒子做了觀音菩薩的童子不得常見恨我為仇不肯借扇與我爭鬥他見我的棒重難撐遂將扇子把我一搧搧得

我悠悠蕩蕩直至于此方才落住故此輕造禪院問個歸路此處到火焰山不知有多少里數靈吉笑道那婦人喚名羅刹女又叫做鐵扇公主他的那芭蕉扇本是崑崙山後自混沌開闢以來天地產成的一個靈寶乃太陰之精葉故能滅火氣假若搧着人要飄八萬四千里方息陰風我這山到火焰山只有五萬餘里此還是大聖有留雲之能故止住了若是凡人正好不得住也行者道利害利害我師父却怎生得度那方靈吉道大聖放心此一來也是唐僧的緣法合教大聖成功行者道怎見成功靈吉道我當年受如來教旨賜我一粒定風丹一柄飛龍杖飛龍杖

已降了風魔這定風丹尚未曾見用如今送了大聖管教那廝搧你不動你却要了扇子搧息火却不就立此功也行者低頭作禮感謝不盡那菩薩即于衣袖中取出一個錦袋兒將那一粒定風丹與行者安在衣領裡邊將針線緊緊縫了送行者出門道不及留欵往西北上去就是羅刹的山場也行者辭了靈吉駕觔斗雲徑返翠雲山頃刻而至使鐵棒打着洞門叫道開門開門老孫來借扇子使使哩慌得那門裡女童即忙來報奶奶借扇子的又來了羅刹聞言心中悚懼道這潑猴真有本事我的寶貝扇着人要去八萬四千里方能停止他怎麼才吹去就回來也

這翻等我一連搧他兩三扇，教他找不着歸路。急縱身結束整齊，雙手提劍，走出門來道：孫行者！你不怕我，又來尋死？行者笑道：嫂嫂勿得慳吝，是必借我使使，保得唐僧過山就送還你。我是個志誠有餘的君子，不是那借物不還的小人。羅刹又罵道：潑猢猻，好沒道理，沒分曉！奪子之仇尚未報得，借扇之意豈得如心！你不要走，吃我老娘一劍！大聖公然不懼，使鐵棒劈手相迎。他兩個往往來來，戰經五七回合，羅刹女手軟難輪，孫行者身強善敵。他見事勢不諧，即取扇子，望行者搧了一扇，行者巍然不動。行者收了鐵棒，笑吟吟的道：這番不比那番，任你怎麼搧來，老孫若動一動就不算漢子那羅剎又搧兩搧果然不動羅剎慌了急收寶貝轉回走入洞裡將門緊緊關上行者見他閉了門却就弄個手段拆開衣領把定風丹噙在口中搖身一變變作一個蟭蟟蟲兒從他門隙處鑽進只見羅剎叫道渴了渴了快拿茶來近侍女童即將香茶一壺沙沙的滿斟一碗冲起茶末漕漕行者見了懽喜嚶的一翅飛在茶末之下那羅剎渴極接過茶兩三氣都吃了行者已到他肚腹之內現原身厲聲高叫道嫂嫂借扇子我使使羅剎大驚失色叫小的們關了前門否俱說關了他又說既關了門孫行者如何在家裡叫喚女童道在你身上叫

哩羅刹道孫行者你在那里弄術哩行者道老孫一生不
會弄術都是些眞手段實本事已在尊嫂尊腹之內耍子
疾
巳見其肺肝矣我知你也飢渴了我先送你個坐碗兒解
渴却就把脚往下一登那羅刹小腹之中疼痛難禁坐于
坐碗點心
地下叫苦行者道嫂嫂休得推辭我再送你個點心充飢
巧甚
又把頭往上一頂那羅刹心痛難禁只在地上打滾疼得
他面黃唇白只教孫叔叔饒命行者却纔收了手脚道你
才認得叔叔麼我看牛大哥情上且饒你性命快將扇子
拿來我使使羅刹道叔叔有扇有扇你出來拿了去行者
道拿扇子我看了出來羅刹即叫女童拿一柄芭蕉扇執

在傍邊行者探到喉嚨之上見了道嫂嫂我既饒你性命
若在下面出來就是他的兒子了
不在腰肋之下搠個窟窿出來還自口出你把口張三張
兒那羅刹果張開口行者還作個蟭蟟蟲先飛出來丁在
芭蕉扇上那羅刹不知連張三次叫叔叔出來罷行者化
猴
原身拿了扇子叫道我在此間不是謝借了謝借了拽開
步往前便走小的們連忙開了門放他出洞這大聖撥轉
雲頭徑回東路霎時按下雲頭立在紅磚壁下八戒見了
懽喜道師父師兄來了來了三藏即與本店老者同沙僧
出門接着同至舍內把芭蕉扇靠在傍邊道老官兒可是
老官兒那
裡謎此扇
這個扇子老者道正是正是唐僧喜道賢弟有莫大之功

求此寶貝甚勞苦了行者道勞苦倒也不說那鐵扇仙你道是誰那廝原來是牛魔王的妻紅孩兒的母名喚羅剎女又喚鐵扇公主我尋到洞外借扇他就與我講起仇隙把我砍了幾劍是我使棒嚇他他就把扇子搧了我一下飄飄蕩蕩直刮到小須彌山幸見靈吉菩薩送了我一粒定風丹指與歸路復至翠雲山又見羅剎女羅剎女又使扇子搧我不動他就回洞是老孫變作一個蟭蟟蟲飛入洞去那廝正討茶吃是我又鑽在茶末之下到他肚裡做起手脚他疼痛難禁不住口的叫我做叔叔饒命情愿將扇借與我我却饒了他拿將扇來待過了火焰山仍送還

他。三藏聞言。感謝不盡。師徒們俱拜辭老者。一路西來。約行有四十里遠近。漸漸酷熱蒸人。沙僧只叫腳底烙得慌。八戒又道爪子燙得痛。馬比尋常又快。只因地熱難停十分難進。行者道。師父。且請下馬。兄弟們莫走。等我搧息了火。待風雨之後。地土冷些。再過山去。行者果舉扇徑至火邊。儘力一搧。那山上火光烘烘騰起。再一扇。更着百倍。又一扇。那火足有千丈之高。漸漸燒着身體。行者急回。已將兩股毫毛燒盡。徑跑至唐僧面前。叫快回去。快回去。火來了。火來了。那師父爬上馬。與八戒沙僧。復東來有二十餘里。方才歇下。道。悟空。如何了呀。行者丟下扇子道。不停當不停當被那廝哄了三藏聽說愁促眉尖悶添心上止不住兩淚澆流只道怎生是好八戒道哥哥你急急忙忙叫回去是怎麼說行者道我將扇子搧了一下火光烘烘第二搧火氣愈盛第三搧火頭飛有千丈之高若是跑得不快把毫毛都燒盡矣八戒笑道你常說雷打不傷火燒不損如今何又怕火行者道你這獃子全不知事那時節用心防備故此不傷今日只為搧息火光不曾捻避火訣又未使護身法所以把兩股毫毛燒了沙僧道似這般火盛無路通西怎生是好八戒道只揀無火處走便罷三藏道那方無火八戒道東方南方北方俱無火又問那方有經

八戒道西方有經三藏道我只欲往有經處去哩沙僧道
有經處有火無火處無經（著眼）誠是進退兩難師徒每正自胡
談亂講只聽得有人叫道大聖不須煩惱且來吃些齋飯
再議四衆回看時見一老人身披飄風氅頭頂偃月冠手
持龍頭杖足踏鐵靿靴後帶著一個鵰嘴魚腮鬼頭上
頂著一個銅盆盆內有些蒸餅糕糜黃粮米飯在于西路
下躬身道我本是火焰山土地知大聖保護聖僧不能前
進特獻一齋行者道吃齋小可這火光幾時滅得讓我師
父過去土地道要滅火光須求羅刹女借芭蕉扇行者去
路傍拾起扇子道這不是那火光越搧越着何也土地看

了笑道此扇不是真的被他哄了行者道如何方得真的

那土地又控背躬身微微笑道

若還要借真芭蕉　須是尋求大力王

畢竟不知大力王有甚緣故且聽下回分解

總批

羅刹女遺焰至今尚在或問在何處曰遍地都是只是男子不動火他自然滅熄了○這婦人遍能殺火所以和尚只得求他

第六十回

牛魔王罷戰赴華筵　孫行者二調芭蕉扇

土地說大力王。即牛魔王也。行者道。這山本是牛魔王放的火。假名火燄山。土地道。不是不是。大聖若肯赦小神之罪。方敢直言。行者道。你有何罪。直說無妨。土地道。這火原是大聖放的。行者怒道。我在那里。你這等亂談。我可是放火之輩。土地道。是你也認不得我了。此間原無這座山。因大聖五百年前。大鬧天宮時。被顯聖擒了。壓赴老君。將大（如此照應奇甚）聖安于八卦爐內。煅煉之後。開鼎。被你登倒丹爐。落了幾個磚來。內有餘火。到此處化為火燄山。我本是兜率宮守

極荒唐却似實事

爐的道人。當被老君怪我失守，降下此間，就做了火燄山土地也。猪八戒聞言恨道：怪到你這等打扮，原來是道士變的土地。行者半信不信，道：你且說早尋大力王何故？土地道：大力王乃羅刹女丈夫。他這向撇了羅刹，現在積雷山摩雲洞。有個萬歲狐王，那狐王死了，遺下一個女兒，叫做玉面公主。那公主有百萬家私，無人掌管，二年前訪着牛魔王神通廣大，情願倒陪家私，招贅爲夫。那牛王棄了羅刹，久不回顧。若大聖尋着牛王，拜求來此，方借得眞扇。一則搧息火焰，可保師父前進；二來永除火患，可保此地生靈；三者赦我歸天，回繳老君法旨。行者道：積雷山坐落何處到彼有多少程途土地道在正南方此間到彼有三千餘里行者聞言即分付八戒沙僧保護師父又教土地陪伴勿回隨即忽的一聲渺然不見那里消半個時辰早見一座高山凌漢按落雲頭停立巔峯之上觀看真是好山

高不高頂摩碧漢大不大根扎黃泉山前日暖嶺後風寒山前日暖有三冬艸木無知嶺後風寒見九夏氷霜不化龍潭接澗水長流虎穴依崖花放早水流千派似飛瓊花放一心如布錦灣環嶺上灣環樹扢扠石外扢扠松真個是高的山峻的嶺陡的崖深的澗香的花美

的果紅的藤紫的竹青的松翠的柳八節四時顏不改
千年萬古色如龍
大聖看勾多時步下尖峯入深山找尋路徑正自沒個消
息忽見松陰下有一女子手折了一枝香蘭嬝嬝娜娜而
來大聖閃在怪石之傍定睛觀看那女子怎生模樣
嬌嬌傾國色緩緩步移蓮貌若王嬙顏如楚女如花解
語似玉生香高髻堆青軃碧鴉雙睛蘸綠横秋水湘裙
半露弓鞋小翠袖微舒粉腕長說甚麼暮雨朝雲眞個
是朱唇皓齒錦江滑膩蛾眉秀賽過文君與薛濤
那女子漸漸走近石邊大聖躬身施禮緩緩而言曰女菩

薩何往。那女子未曾觀看。聽得叫問。却是擡頭。忽見大聖的相貌醜陋。老大心驚。欲退難退。欲行難行。只得戰戰兢兢勉強答道。你是何方來者。敢在此間問誰。大聖沉思道。我若說出取經求扇之事。恐這廝與牛王有親。且只以假親托意來請魔王之言而答方可。那女子見他不語。變了顏色。怒聲喝道。你是何人。敢來問我。大聖躬身陪笑道。我是翠雲山來的。初到貴處。不知路逕。敢問菩薩。此間可是積雷山。那女子道。正是。大聖道。有個摩雲洞。坐落何處。那女子道。你尋那洞做甚。大聖道。我是翠雲山芭蕉洞鐵扇公主請牛魔王的。那女子一聽鐵扇公主請牛魔王之言。心中大怒，撤耳根子通紅，潑口罵道，這賤婢，着實無知，牛王自到我家，未及二載，也不知送了他多少珠翠金銀綾羅（妖魔是妬婦妬婦是妖魔）叚疋，年供柴，月供米，自自在在受用，還不識羞，又來請他怎的，大聖聞言，情知是玉面公主，故意掣出金箍棒，大喝一聲道，你這潑賤，將家私買住牛王，誠然是陪錢嫁漢，你倒不羞，却敢罵誰，那女子見了，諕得魂散魄飛，沒好步，亂蹝金蓮，戰兢兢回頭便走，這大聖吆吆喝喝，隨後相跟，原來穿過松陰，就是摩雲洞口，女子跑進去，撲的把門關了，大聖却才收了金箍棒，停步看時，好所在，

樹林森密，崖削崚嶒，薜蘿陰冉冉，蘭蕙味馨馨，流泉漱

玉穿修竹，巧石知機帶落英，爐霞籠遠岫，日月照雲屏，龍吟虎嘯，鶴唳鶯啼，一片清幽真可愛，琪花瑤草景常明，不亞天台仙洞，勝如海上蓬瀛。

且不言行者這里觀看景致，却說那女子，跑得粉汗淋淋，諕得蘭心吸吸，徑入書房裡面，原來牛魔王正在那里靜翫丹青，這女子沒好氣，倒在懷裡，抓耳撓腮，放聲大哭，牛王滿面陪笑道，美人休得煩惱，有甚話說，那女子跳天索地，口中罵道，潑魔害殺我也，牛王笑道，你為甚事罵我，女子道，我因父母無依，招你護身養命，江湖中說你是條好漢，原來是個懼內的慵夫，牛王聞說，將女子抱住道，美人

粉汗蘭

心語媚甚

猶寫得逼真

畫

傳神

我有那些不是處你且慢慢說來我與你陪禮女子道適才我在洞外閒步花陰折蘭採蕙忽有一個毛臉雷公嘴的和尚猛地前來施禮把我唬了個掙及定性問是何人他說是鐵扇公主央他來請牛魔王的被我說了兩句他倒罵了我一場將一根棍子趕着我打若不是走得快些幾個被他打死這不是招你為禍害殺我也牛王聞言却與他整容陪禮溫存良久女子方才息氣魔王却發狠道美人在上不敢相瞞那芭蕉洞雖是僻靜却清幽自在我山妻自幼修持也是個得道的女仙却是家門嚴謹內無一尺之童焉得有雷公嘴的男子央來這想是那里來

的妖怪、或者假綽名聲、至此訪我等我出去看看、好魔王
拽開步、出了書房、上大廳、取了披掛、結束了、拿了一條混
鐵棍、出門高叫道、是誰人、在我這里無狀、行者在傍、見他
那模樣上五百年前又大不同只見

頭上戴一頂水磨銀亮熟鐵盔、身上貫一付絨穿錦繡
黃金甲、足下踏一雙捲尖粉底麂皮靴、腰間束一條攢
絲三股獅蠻帶、一雙眼光如明鏡兩道眉、艷似紅霓、口
若血盆、齒排銅板、吼聲響震山神怕行動威風惡鬼慌
四海有名稱混世、西方大力號魔王、

這大聖整衣上前、深深的唱個大喏道長兄還認得小弟

麼牛王荅禮道你是齊天大聖孫悟空麼大聖道正是正是一向久別未拜適才到此問一女子方得見兄丰采果勝常可賀也牛王喝道且休巧舌我聞你鬧了天宮被佛祖降壓在五行山下近解脫天灾保護唐僧西天見佛求經怎麼在號山枯松澗火雲洞把我小兒牛聖嬰害了正在這里惱你你却怎麼又來尋我大聖作禮道長兄勿得悞怪小弟當時令郎捉住吾師要食其肉小弟近他不得幸觀音菩薩欲救吾師勸他歸正現今做了善財童子比兄長還高享極樂之門堂受逍遙之永壽有何不可返怪我耶牛王罵道這個乖嘴的猢猻害子之情被你說過你

不欺我愛妾打上我門何也大聖笑道我因拜謁長兄不見向那女子拜問不知就是二嫂嫂因他罵了我幾句是小弟一時粗鹵驚了嫂嫂望兄長寬恕寬恕牛王道既如此說我看故舊之情饒你去罷大聖道既蒙寬恩感謝不盡但尚有一事奉瀆萬望周濟周濟牛王罵道這猢猻不識起倒饒了你倒還不走反來纏我甚麼周濟周濟大聖道實不瞞兄長小弟因保唐僧西進路阻火燄山不能前進詢問土人知尊嫂羅刹女有一柄芭蕉扇欲求一用昨到舊府奉拜嫂嫂嫂嫂堅執不借是以特求長兄望兄長開天地之心同小弟到大嫂處一行千萬借扇搧滅火焰

倸得唐僧過山即時完璧牛王聞言心如火發咬響鋼牙罵道你說你不無禮你原來是借扇之故一定先欺我山妻山妻想是不肯故來尋我且又赶我愛妾常言道朋友妻不可欺朋友妾不可滅你既欺我妻又滅我妾多大無禮上來吃我一棍大聖道哥要說打弟也不懼但求寶貝是我真心萬乞借我使使牛王道你若三合敵得我我着山妻借你如敵不過打死你與我雪恨大聖道哥說得是小弟這一向疎懶不曾與兄相會不知這幾年武藝比昔日如何我兄弟們請演演棍看這牛王那容分說掣混鐵棍劈頭就打這大聖持金箍棒隨手相迎兩個這場好鬬

金箍棒，渾鐵棍，變臉不以用友論，那個說，正怪你這猢猻害子情，這個說，你令郎已得道休嗔很，那個說，你無知怎敢上我門，這個說，我有因特地來相問，一個要求扇子保唐僧，一個不借芭蕉忒鄙吝，語去言來識舊情，無家無義皆生忿，牛王棍起賽蛟龍，大聖棒迎神鬼遁，初時爭鬭在山前，後來齊駕祥雲進，半空之內顯神通，五彩光中施妙運，兩條棍響振天關，不見輸贏皆傍寸。這大聖與那牛王鬭經百十回合，不分勝負，正在難解難分之際，只聽得山峯上有人叫道，牛爺爺，我大王多多拜上，幸賜早臨，好安座也，牛王聞說，使渾鐵棍支住金箍棒，叫道、獼猻、你且住了、等我去一個朋友家赴會來者、言畢、按下雲頭、徑至洞裏、對玉面公主道、美人、才那雷公嘴的男子、乃孫悟空獼猻、被我一頓棍打走了、再不敢來、你放心耍子、我到一個朋友處吃酒去也、他才卸了盔甲、穿一領鴉青剪絨襖子、走出門、跨上璧水金睛獸、着小的們看守門庭、半雲半霧、一直向西北方而去、大聖在高峯上看着、心中暗想道、這老牛不知又結識了甚麼朋友、往那里去赴會、等老孫跟他走走、好行者、將身幌一幌、變作一陣清風、趕上、隨着同走、不多時、到了一座山中、那牛王寂然不見、大聖聚了原身、入山尋看、那山中有一面清水深潭、潭邊有一座石碣碣上有六個大字乃亂石山碧波潭大聖暗想道老牛決然下水去了水底之精若不是蛟精定是龍精魚精或龜鼈黿鼉之精等老孫也下水去看看好大聖捻著訣念個呪語搖身一變變作一個螃蟹不大不小的有三十六斤重撲的跳在水中徑沈潭底忽見一座玲瓏剔透的牌樓樓下拴着那個辟水金睛獸進牌樓裡面却就沒水大聖爬進去仔細觀看時只見那壁廂一派音樂之聲但見

朱宮貝闕與世不殊黃金爲屋瓦白玉作門樞屏開玳瑁甲檻砌珊瑚珠祥雲瑞藹輝蓮座上接三光下八衢

非是天宮并海藏、果然此處賽蓬壺、高堂設宴羅賓主大、小官員冠冕珠、恰呼玉女捧牙槃、催喚仙娥調律呂、長鯨鳴、巨蟹舞、鱉吹笙、鼉擊鼓、驪頷之珠照樽俎、鳥篆之文列翠屏、蝦鬚之簾掛廊廡、八音迭奏雜仙韶、宮商响徹遏雲霄、青頭鱸妓撫瑤瑟、紅眼馬郎品玉簫、鱖婆頂獻香獐脯、龍女頭簪金鳳翹、吃的是天廚八寶珍羞味、飲的是紫府瓊漿熟醖醪、

那上面坐的是牛魔王、左右有三四個蛟精前面坐着一個老龍精、兩邊乃龍子龍孫、龍婆龍女、正在那里觥籌交錯之際、孫大聖一直走將上去、被老龍看見、即命拿下那

個野蠏來龍子龍孫，一擁上前，把大聖拿住。大聖忽作人言，叫饒命饒命。老龍道，你是那里來的野蠏，怎麼敢上廳堂，在尊客之前橫行亂走，快早供來，免汝死罪。好大聖，假捏虛詞，對衆供道，

生自湖中爲活，傍崖作窟權居。蓋因日久得身舒，官受橫行介士。（可笑之甚）踏艸拖泥落索，從來未習行儀。不知法度冒王威，伏望尊慈恕罪。

坐上衆精聞言，都供身對老龍作禮道，蠏介士初入瑤宮，不知王禮，望尊公饒他去罷。老龍稱謝了。衆精即教放了那廝，且記打，外面伺候。大聖應了一聲，往外逃命，徑至牌

樓之下、心中暗想道、這牛王在此貪杯、那里等得他散、就是散了、也不肯借扇與我、不如偷了他的金睛獸、變做牛魔王、去哄那羅刹女、騙他扇子、送我師父過山爲妙、好大聖、即現本像、將金睛獸解了韁繩、撲一把、跨上雕鞍、徑直騎出水底、到于潭外、將身變作牛王模樣、打着獸、縱着雲、不多時、已至翠雲山芭蕉洞口、叫聲開門、那洞門裡有兩個女童、聞得聲音、開了門、看見是牛魔王嘴臉、即入報、奶奶、爺爺來家了、那羅刹聽言、忙整雲鬟、急移蓮步、出門迎接、這大聖下雕鞍、牽進金睛獸、弄大膽、誆騙女佳人、羅刹女肉眼、認他不出、即攜手而入、着丫鬟設座看茶、一家子

見是主公無不敬謹須臾間敘及寒溫牛王道夫人久濶
（頭是）
羅刹道大王萬福又云大王寵幸新婚抛撇奴家今日是
（逼真）
那陣風兒吹你來的大聖笑道非敢抛撇只因玉面公主
招後家事繁冗朋友多顧是以稽留在外却也又治得一
個家當了又道近聞悟空那廝保唐僧將近火焰山界恐
（賊猴）
他來問你借扇子我恨那廝害子之讐未報但來時可差
人報我等我拿他分屍萬段以雪我夫妻之恨羅刹聞言
（逼真）
滴淚告道大王常言說男子無婦則無主女子無夫身無
主我的性命險些兒被這個猢猻害了大聖聽得故意發
怒罵道那潑猴幾時過去了羅刹道還未去昨日到我這

里借扇子我因他害孩兒之故披掛了輪寶劍出門就砍那猢猻他忍着疼叫我做嫂嫂說大王曾與他結義大聖道是五百年前曾拜爲七兄弟羅刹道被我罵也不敢回言砍也不敢動手後被我一扇子搧去不知在那里尋得個定風法兒今早又在門外叫喚是我又使扇搧莫想得動急輪劍砍時他就不讓我了我怕他棒重就走入洞裡緊閉上門不知他又從何處（你道在何處鑽入）鑽在我肚腹之內險被他害了性命是我叫他幾聲叔叔將扇與他去也大聖又假意搥胸道可惜可惜夫人錯了怎麼就把這寶貝與那猢猻（妙　假）惱殺我也羅刹笑道大王息怒與他的是假扇但哄他去

了大聖問眞扇在於何處羅刹道放心放心我收着哩叫了鬟整酒接風賀喜遂擎杯奉上道大王燕爾新婚千萬莫忘結髮且吃一杯鄉中之水大聖不敢不接只得笑吟吟舉觴在手道夫人先飲我因圖治外産久別夫人早晚蒙護守家闌權爲酬謝羅刹復接杯斟起遞與大王道自古道妻者齊也夫乃養身之父謝甚麼他兩人謙謙講講方才坐下巡酒大聖不敢破暈只吃幾個果子與他言言語語酒至數巡羅刹覺有半酣色情微動就和孫大聖挨挨擦擦搭搭拈拈携着手軟語溫存並着肩低聲俯就將一杯酒你喝一口我喝一口却又哺果大聖假意虛情相

陪相笑，沒奈何也與他相倚相偎果然是
鈎詩鈎，掃愁箒，破除萬事無過酒男兒立節放襟懷，女子忘情開笑口，面赤似夭桃，身搖如嫩柳，絮絮叨叨話語多，捻捻掐掐風情有時見掠雲鬟又見輪尖手，幾番常把脚兒蹺，數次每將衣袖抖，粉項自然低，蠻腰漸覺扭，合歡言語不會丢，酥胸半露鬆金鈕，醉來眞個玉山頹，餳眼摩娑幾弄醜，
大聖見他這等酣然，暗自留心挑鬭道，夫人眞扇子你收在那里，早晚仔細但恐孫行者變化多端，却又來騙去，羅刹笑嘻嘻的，口中吐出，只有一個杏葉兒大小，遞與大聖

道這個不是寶貝。大聖接在手中，卻又不信，暗想着道：些些兒怎生搧得火滅？怕又是假的。羅刹見他看着寶貝沉思，忍不住上前，將粉面搵在行者臉上，叫道：親親，你收了寶貝吃酒罷，只管出神想甚麼哩？大聖就趂脚兒撬問他一句道：這般小小之物，如何搧得八百里火焰？羅刹酒陶真性，無忌憚，就說出方法道：大王，與你別了二載，你想是晝夜貪懽，被那玉面公主弄傷了，神思怎麼自家的寶貝事情也都忘了？只將左手大指頭捻着那柄兒上第七縷紅絲，念一聲呬嘘呵吸嘻吹呼，即長一丈二尺長短。這寶貝變化無窮，那怕他八萬里火焰，可一扇而消也。大聖聞言切切記在心上却把扇兒也噙在口裡把臉抹一抹現了本像厲聲高叫道羅刹女你看看我可是你親老公就把我纏了這許多醜勾當不羞不羞那女子一見是孫行者慌得推翻卓席跌倒塵埃羞愧無比只叫氣殺我也氣殺我也這大聖不管他死活捽脫手拽大步徑出了芭蕉洞正是無心貪美色得意笑顏回將身一縱踏祥雲跳上高山將扇子吐出來演演方法將左手大指頭捻着那柄上第七縷紅絲念了一聲咽噓呵吸嘻吹呼果然長了有一丈二尺長短拿在手中仔細看了一看比前番假的果是不同只見祥光幌幌瑞氣紛紛上有三十六縷紅絲穿

經度絡。表裡相聯。原來行者只討了個長的方法。不曾討
○批○點○得○好○
他個小的口訣。左右只是那等長短。沒奈何只得搴在肩上。找舊路而回。不題。卻說那牛魔王。在碧波潭底。與眾精散了筵席。出得門來。不見了辟水金睛獸。老龍王聚眾精問道。是誰偷放牛爺的金睛獸也。眾精跪下道。沒人敢偷。我等俱在筵前供酒捧盤。供唱奏樂。更無一人在前。老龍道。家樂兒斷乎不敢。可曾有甚生人進來。龍子龍孫道。適才安座之時。有個蟹精到此。那個便是生人。牛王聞說。頓然省悟道。不消講了。早間賢友着人邀我時。有個孫悟空保唐僧取經。路遇火燄山難過。曾問我求借芭蕉扇。我不

曾與他．他和我賭鬪一場．未分勝負．我却丢了他．徑赴盛會．那猴子千般伶俐萬樣機関斷乎是那廝變作蟹精來此．打探消息．偷了我獸．去山妻處．騙了那一把芭蕉扇兒也．衆精見說．一個個胆戰心驚．問道．可是那大鬧天宮的孫悟空麼．牛王道．正是．列公若在西天路上．有不是處．切要躲避他些兒．老龍道．似這般說．大王的駿騎．却如之何牛王笑道．不妨不妨．列公各散．等我赶他去來．遂而分開水路．跳出潭底．駕黃雲．徑至翠雲山芭蕉洞．只聽得羅刹女．跌脚搥胸．大呼小叫．推開門．又見辟水金睛獸拴在下邊．牛王高叫夫人．孫悟空那廂去了．衆女童看見牛魔．一奔跪下道爺爺來了、羅刹女扯住牛王、磕頭撞腦、口裡罵道、潑老天殺的、怎麼這般不謹慎着那猢猻偷了金睛獸變作你的模樣、到此騙我、牛王切齒道、猢猻那廝去了、羅刹挺着胸膛罵道那潑猴賺了我的寶貝、現出原身走了、氣殺我也、牛王道、夫人保重、勿得心焦、等我赶上猢猻奪了寶貝、剝了他皮、剉碎他骨、擺出他的心肝、與你出氣、叫拿兵器來、女童道、爺爺的兵器不在這里、牛王道、拿你奶奶的兵器來罷、侍婢將兩把青鋒寶劍捧出、牛王脫了那赴宴的鴉青絨襖、束一束貼身的小衣、雙手綽劍、走出芭蕉洞、徑奔火燄山上赶來、正是那

好照管

西遊記　第六十回

忘恩漢騙了痴心婦　烈性魔來近木叉人

畢竟不知此去吉凶如何，且聽下回分解

總批

老牛老猴曾結義來，緣何略無一些兄弟情分。友人曰，妖魔禽獸，說恁麼情分。又一友曰，沒情分的便是妖魔禽獸耳。甚快之

又批

形容鐵扇玉面兩公主，曲盡人家妻妾情狀

第六十一回

猪八戒助力破魔王　孫行者三調芭蕉扇

話表牛魔王趕上孫大聖只見他肩膊上掮著那柄芭蕉扇怡顔悦色而行魔王大驚道猢猻原來把運用的方法兒也叨餂得來了我若當面問他索取他定然不與倘若搧我一扇要去十萬八千里遠却不遂了他意我聞得唐僧在那大路上等候他二徒弟猪精三徒弟沙流精我當年做妖怪時也曾會他且變作猪精的模樣反騙他一場料猢猻以得意爲喜必不詳細隄防好魔王他也有七十二變武藝也與大聖一般只是身子狼犺些欠鑽疾不活

達些、把寶劍藏了、念個呪語、搖身一變、即變作八戒一般嘴臉、抄下路、當面迎着大聖、叫道師兄、我來也、這大聖如果懽喜、古人云、得勝的猫兒懽似虎也、只倚着强能、更不察來人的意思、見是個八戒的模樣、便就叫道兄弟、你往那里去、牛魔王綽着經兒道、師父見你許久不回、恐牛魔王手段大、你敵他不過、難得他的寶貝、教我來迎你的、行者笑道、不必費心、我已得了手了、牛王又問道、你怎麼得的、行者道、那老牛與我戰經百十合、不分勝負、他就撇了我去那亂石山碧波潭底、與一夥蛟精龍精飲酒、是我暗跟他去、變作個螃蟹、偷了他所騎的壁水金睛獸、變了老牛的模樣，徑至芭蕉洞哄那羅剎女，那女子與老孫結了一場乾夫妻，（頑皮）是老孫設法騙將來的。牛王道：卻是生受了。哥哥勞碌太甚，可把扇子我拿。孫大聖那知真假，也慮不及此，遂將扇子遞與他。原來那牛王他知那扇子收放的根本，接過手，不知捻個甚麼訣兒，依然小似一片杏葉，現出本像，開言罵道：潑猢猻，認得我麼？行者見了，心中自悔道：是我的不是了。恨了一聲，跌足高呼道：咦！逐年家打鴈，今卻被小鴈兒鵮了眼睛。狠得他爆躁如雷，掣鐵棒劈頭便打。那魔王就使扇子搧他一下。（好照管）不知那大聖先前變蠛蠓虫入羅剎女腹中之時，將定風丹噙在口裡，不覺的嚥

下肚裡所以五臟皆牢皮骨皆固憑他怎麼搧再也搧他不動牛王慌了把寶貝丟入口中雙手輪劍就砍那兩個在那半空中這一塲好殺

齊天孫大聖混世潑牛王只爲芭蕉扇相逢各騁强粗心大聖將人騙大膽牛王把扇驅這一個金箍棒起無情義那一個霜刃青鋒有智量大聖施威噴彩霧牛王放潑吐毫光齊鬬勇兩不良咬牙剉齒氣昂昂播土揚塵天地暗飛砂走石鬼神藏這個說你敢無知反騙我那個說我妻許你共相將言村語潑性烈情剛那個說你哄人妻女眞該死告到官司有罪殃伶俐的齊天聖

兇頑的大力王。一心只要殺。更不待商量棒打劍迎來

努力。有些鬆慢見閻王

且不說他兩個相鬬難分。却表唐僧坐在途中。一則火氣蒸人。二來心焦口渴。對火燄山土地道。敢問尊神。那牛王法力如何。土地道。那牛王神力不小。法力無邊。正是孫大聖的敵手。三藏道。悟空是個會走路的。往常家二千里路一霎時便回。怎麽如今去了一日。斷是與牛王賭鬬。叫悟能悟淨。你兩個那一個去迎你師兄一迎。倘或遇敵。就當用力相助。求得扇子來。解我煩躁。早早過山。赶路去也。八戒道。今日天晚。我想着要去接他。但只是不認得積雷山

路土地道小神認得且教捲簾將軍與你師父做伴我與你去來三藏大喜道有勞尊神功成再謝那八戒抖擻精神束一束皁錦直裰寨着鈀即與土地縱起雲霧徑向東方而去正行時忽聽得喊殺聲高狂風滾滾八戒按住雲頭看時原來孫行者與牛王廝殺哩土地道天蓬不上前還待怎的獃子掣釘鈀厲聲高叫道師兄我來也行者恨道你這夯貨悞了我多少大事八戒道師父教我來迎你因認不得山路商議良久敎土地引我故此來遲如何悞了大事行者道不是怪你來遲這潑牛十分無禮我向羅刹處弄得扇子來却被這廝變作你的模樣口稱迎我我

一時懽悅，轉把扇子遞在他手。他却現了本像，與老孫在此比併，所以悞了大事也。八戒聞言大怒，舉釘鈀當面罵道：我把你這血皮脹的遭瘟！你怎敢變作你祖宗的模樣，騙我師兄，使我兄弟不睦！你看他渾頭沒臉的使釘鈀亂築。那牛王，一則是與行者鬬了一日，力倦神疲；二則是見八戒的釘鈀兇猛，遮架不住，敗陣就走。只見那火燄山土地帥領陰兵當面攩住道：大力王，且住手。唐三藏西天取經，無神不保，無天不祐，三界通知，十方擁護。快將芭蕉扇來搧息火燄，教他無災無障，早過山去。不然，上天責你罪譴，定遭誅也。牛王道：你這土地，全不察理！那潑猴奪我子，欺我妾騙我妻番番無道我恨不得囫圇吞他下肚化作大便喂狗怎麼肯將寶貝借他言未了八戒早又赶上罵道我把你個結心癀快拿出扇來饒你性命那牛王只得回頭使寶劍又戰八戒孫大聖舉棒相幫這一場在那里好殺

成精豕作怪牛兼上偷天得道猴禪性自來能戰煉必當用土合元由釘鈀九齒尖還利寶劍雙鋒快更柔鐵棒卷舒爲主使土神助力結丹頭三家刑剋相爭競各展雄才要運籌捉牛耕地金錢長喚豕歸爐木氣收心不在焉何作道神常守舍要拴猴胡一嚷苦相求三般

兵刃响搜搜鈀築劍傷無好意金箍棒起有因由只殺得星不光兮月不皎一天寒霧黑悠悠

那魔王奮勇爭强且行且鬬鬬了一夜不分上下早又天明前面是他的積雷山摩雲洞口他三個與土地陰兵又諠譁振耳驚動那玉面公主喚丫鬟看是那里人嚷只見守門小妖來報是我家爺爺與昨日那雷公嘴漢子并一個長嘴大耳的和尚同火燄山土地等衆人殺埋玉面公主聽言即命外護的大小頭目各執鎗刀助力前後點起七長八短有百十餘口一個個賣弄精神拈鎗弄棒齊告大王爺爺我等奉奶奶内旨特來助力也牛王大喜道來

得好、來得好、眾妖一齊上前亂砍、八戒措手不及、倒拽着鈀、敗陣而走、大聖縱觔斗雲、跳出重圍、眾陰兵亦四散奔走、老牛得勝、聚群妖歸洞、緊閉了洞門不題、行者道、這廝驍勇、自昨日申時前後與老孫戰起、直到今夜未定輸嬴、却得你兩個來接力、如此苦鬪半日一夜、他更不見勞困、才這一夥小妖、却又莽壯、他將洞門緊閉不出、如之奈何、八戒道、哥哥、你昨日巳時離了師父、怎麽到申時才與他鬪起、你那兩三個時辰在那里的、行者道、別你後頃刻就到這座山上、見一個女子問訊、原來就是他愛妾、玉面公主、被我使鐵棒諕他一諕、他就跑進洞、叫出那牛王來與老孫劖言劖語，嚷了一會，又與他交手，鬭了有一個時辰。正打處，有人請他赴宴去了。是我跟他到那亂石山碧波潭底，變作一個螃蟹，探了消息，偷了他辟水金睛獸，假變牛王模樣，復至翠雲山芭蕉洞，騙了羅剎女，哄得他扇子。出門試演試演方法，把扇子弄長了，只是不會收小。正揹了走處，被他假變做你的嘴臉，反騙了去，故此躭閣兩三個時也。八戒道：這正是俗語云：大海裡翻了豆腐船，湯裡來，水裡去。如今難得他扇子，如何保得師父過山？且回去轉路走他娘罷。土地道：大聖休焦惱，天蓬莫懈怠。但說轉路，就是入了傍門，不成個修行之類。古語云：行不由徑，豈

著眼

可轉走，你那師父在正路上坐着，眼巴巴只望你們成功哩。行者發狠道，正是正是，獃子莫要胡談，土地說得有理，

我們正要與他

賭輸羸弄手段，等我施爲地煞變，自到西方無對頭，牛王本是心猿變，今番正好會源流，斷要相持借寶扇，趂清凉息火燄，打破頑空叅佛面，行滿超昇極樂天，大家同赴龍華宴。

那八戒聞言，便生努力慇懃道，

是是是，去去去，管甚牛王會不會，木生在亥配爲猪，牽轉牛兒歸土類，申下生金本是猴，無刑無剋多和氣，用

芭蕉爲水意。燄火消除成既濟。晝夜休離苦。盡功功完
趕赴盂蘭會。
他兩個領着土地陰兵。一齊上前。使釘鈀。輪鐵棒。乒乒乓乓
兵。把一座摩雲洞的前門。打得粉碎。諕得那外護頭目。戰
戰兢兢。闖入裡邊報道。大王。孫悟空率衆打破前門也。那
牛王正與玉面公主備言其事。懊恨孫行者哩。聽說打破
前門。十分發怒。急披掛。拿了鐵棍。從裡面罵出來道。潑猢
猻。你是多大個人兒。敢這等上門撒潑。打破我門扇。八戒
近前亂罵道。潑老剝皮。你是個甚樣人物。敢量那個大小。
不要走。看鈀。牛王喝道。你這個囔糟食的夯貨。不見怎的

快叫那猴兒上來。行者道。不知好歹的餉草。我昨日還與你論兄弟。今日就是仇人了。仔細吃我一棒。那牛王奮勇而迎。這場比前番更勝。三個英雄。廝混在一處。好殺。

釘鈀鐵棒逞神威。同帥陰兵戰老犧。犧牲獨展兇強性。遍滿同天法力恢。使鈀築。着棍擂。鐵棒英雄又出奇。三般兵器叮噹响。隔架遮攔誰讓誰。他道他爲首。我道我奪魁。土兵爲証難分解。木土相煎上下隨。這兩個說。你如何不借芭蕉扇。那一個道。你焉敢欺心騙我妻。赶妾害兒仇未報。敲門打戶又驚疑。這個說。你仔細隄防如意棒。擦着些兒就破皮。那個說。好生躲避鈀頭齒。一傷

九孔血淋漓牛魔不怕施威猛鐵棍高擎有見機翻
覆雨隨來往吐霧噴風任發揮恨苦這場都拚命各懷
惡念喜相持丟架手讓高低前迎後擋總無虧兄弟二
人齊努力單身一棍獨施爲卯時戰到辰時後戰罷牛
魔束手回

他三個捨死忘生又鬭有百十餘合八戒發起鈌性仗着
行者神通舉鈀亂築牛王遮架不住敗陣回頭就奔洞門
却被土地陰兵攔住洞門喝道大力王那里走吾等在此
那老牛不得進洞急抽身又見八戒行者赶來慌得卸了
盔甲丟了鐵棍搖身一變變做一隻天鵝望空飛走行者

看見笑道八戒老牛去了那廝子漠然不知土地亦不能曉一個個東張西覷只在積雷山前後亂找行者指道那空中飛的不是八戒道那是一隻天鵞行者道正是老牛變的土地道既如此却怎麽好行者道你兩個打進此門把群妖盡情勦除拆了他的窩巢絕了他的歸路等老孫與他賭變化去那八戒與土地依言攻破洞門不題這大聖收了金箍棒捻訣念呪搖身一變變作一個海東青搜

此等處不可無一不可有二只管如此便可厭矣

的一翅鑽在雲眼裡倒飛下來落在天鵞身上抱住頸項嗛眼那牛王也知是孫行者變化急忙抖抖翅變作一隻黃鷹返來嗛海東青行者又變作一個烏鳳專一趕黃鷹

牛王識得、又變作一隻白鶴長唳一聲、向南飛去行者立定、抖抖翎毛、又變作一隻丹鳳、高鳴一聲、那白鶴見鳳是鳥王、諸禽不敢妄動、刷的一翅、淬下山崖、將身一變變作一隻香獐、乜乜些些、在崖前吃草、行者認得、也就落下翅來、變作一隻餓虎剪尾跑蹄、要來赶獐作食、魔王慌了手腳、又變作一隻金錢花斑的大豹、要傷餓虎、行者見了、迎着風、把頭一幌、又變作一隻金眼狻猊、聲如霹靂、鐵額銅頭、復轉身、要食大豹、牛王着了急、又變作一個人熊、放開腳、就來擒那狻猊、行者打個滾、就變作一隻賴象、鼻似長蛇、牙如竹筍、撒開鼻子、要去捲那人熊、牛王嘻嘻的笑了一笑，現出原身，一隻大白牛，頭如峻嶺，眼若閃光，兩隻角似兩座鐵塔，牙排利刃，連頭至尾，有千餘丈長短，自蹄至背，有八百丈高下，對行者高叫道：潑猢猻，你如今將奈我何？行者也就現了原身，抽出金箍棒來，把腰一躬，喝聲叫長，長得身高萬丈，頭如泰山，眼如日月，口似血池，牙似門扇，手執一條鐵棒，着頭就打，那牛王硬着頭，使角來觸，這一場，真個是撼嶺搖山，驚天動地。有詩爲証：

道高一尺魔千丈，奇巧心猿用力降。若得火山無烈焰，必須寶扇有清涼。黃婆大志扶元老，木母留情掃潑妖。和睦五行歸正果，煉魔滌垢上西方。

他兩個大展神通、在半山中賭鬭、驚得那過往虛空一切神衆、與金頭揭諦、六甲六丁、一十八位護教伽藍、都來圍困魔王、那魔王公然不懼、你看他東一頭、西一頭、直挺挺光耀耀的兩隻鐵角、往來抵觸、南一撞、北一撞、毛森森筋暴暴的一條硬尾、左右敲搖、孫大聖當面迎、衆多神四面打、牛王急了、就地一滾、復本像、便投芭蕉洞去、行者也收了法像、與衆多神隨後追襲、那魔王闖入洞裡、閉門不出、衆神把一座翠雲山圍得水泄不通、正都上門攻打、忽聽得八戒與土地陰兵嚷嚷而至、行者見了、問道、那摩雲洞事體如何、八戒笑道、那老牛的娘子、被我一鈀築死、剝開衣看原來是個玉面狸精那夥群妖俱是些驢騾犢特獾狐貉獐羊虎麋鹿等類已此盡皆勦戮又將他洞府房廊放火燒了土地說他還有一處家小住居此山故又來這里掃蕩也行者道賢弟有功可喜可喜老孫空與那老牛賭變化未曾得勝他變做無大不大的白牛我變了法天象地的身量正和他抵觸之間幸蒙諸神下降圍困多時他却復原身走進洞去矣八戒道那可是芭蕉洞麼行者道正是正是羅刹女正在此間八戒發狠道既是這般怎麼不打進去勦除那厮問他要扇子倒讓他停留長智兩口兒敘情好歎子抖搜威風舉鈀照門一築忽辣的一聲

道那石崖連門築倒了一邊慌得那女童忙報爺爺不知甚人把前門都打壞了牛王方跑進去喘噓噓的正告訴羅剎女與孫行者奪扇子賭鬥之事聞報心中大怒就口中吐出扇子遞與羅剎女羅剎女接扇在手滿眼垂淚道大王把這扇子送與那猢猻教他退兵去罷牛王道夫人呵物雖小而恨則深你且坐着等我再和他比併去來那魔王重整披掛又選兩口寶劍走出門來正遇着八戒使鈀築門老牛更不打話掣劍劈臉便砍八戒舉鈀迎着向後倒退了幾步出門來早有大聖輪棒當頭那牛魔即駕在風跳離洞府又都在那翠雲山上相持衆多神四面圍

繞土地陰兵左右攻擊這一場又好殺哩
雲迷世界霧罩乾坤颯颯陰風砂石滚巍巍怒氣海波渾重磨劍二口復掛甲全身結冤深似海懷恨越生嗔你看齊天大聖因功績不講當年老故人八戒施威求扇子衆神護法捉牛君牛王雙手無停息左遮右擋弄精神只殺得那過鳥難飛皆斂翅遊魚不躍盡潛鱗鬼泣神嚎天地暗龍愁虎怕目光昏
那牛王拚命捐軀鬬經五十餘合抵敵不住敗了陣往北就走早有五臺山碧摩巖神通廣大潑法金剛阻住喝道牛魔你往那里去我蒙釋迦牟尼佛祖差來布列天羅地

網至此擒汝也正說間隨後有大聖八戒衆神趕來那魔王慌轉身向南而走又撞着峨眉山清涼洞法力無量勝至金剛擋住喝道吾奉佛旨在此正要拿你也牛王心慌脚軟急抽身往東便走却逢着須彌山摩耳崖毘盧沙門大力金剛迎住喝道老牛何往特蒙如來密令教來捕獲你也牛王又悚然而退向西就走又遇着崑崙山金霞嶺不壞尊王永住金剛敵住喝道這厮又將安走我領西天大雷音寺佛老親言在此把截誰放你也那老牛心驚膽戰悔之不及見那四面八方都是佛兵天將真個似羅網高張不能脫命正在愴惶之際又聞得行者帥衆趕來他

就駕雲頭望上便走，却好有托塔李天王，并哪吒太子領魚肚藥義，巨靈神將漫住空中，叫道慢來慢來，吾奉玉帝旨意特來此勦除你也，牛王急了，依前搖身一變，還做一隻大白牛，使兩隻鐵角去觸天王，天王使刀來砍，隨後孫行者又到哪吒太子，厲聲高叫，大聖衣甲在身，不能爲禮，（有此閒筆妙甚妙甚）愚父子昨日見佛如來，發檄奏聞玉帝，言唐僧路阻火燄山，孫大聖難伏牛魔王，玉帝傳旨，特差我父王領衆助力，行者道，這廝神通不小，又變作這等身軀，却怎奈何，太子笑道，大聖勿疑，你看我擒他，這太子即喝一聲，變變作三頭六臂，飛身跳在牛王背上，將斬妖劍望頸項上一揮，不覺得把個牛頭斬下。天王收刀。却才與行者相見。那牛王腔子裡。又鑽出一個頭來。口吐黑氣。眼放金光。被哪吒又砍一劍。頭落處。又鑽出一個頭來。一連砍了十數劍。隨即長出十數個頭。（何牛頭之多也）哪吒取出火輪兒。掛在那老牛的角上。便吹真火。燄燄烘烘。把牛王燒得張狂哮吼。搖頭擺尾。纔要變化脫身。又被托塔天王。將照妖鏡照住本像。騰那不動。無計逃生。只叫莫傷我命。情願歸順佛家也。哪吒道。既惜身命。（着眼）快拿扇子出來。牛王道。扇子在我山妻處收着哩。哪吒見說。將縛妖索子解下。跨在他那頸項上。一把拿住鼻頭。將索穿在鼻孔裡。用手牽來。孫行者却會聚了四大金剛六丁六甲。護教伽藍。托塔天王。巨靈神將。并八戒土地陰兵。簇擁着白牛。回至芭蕉洞口。老牛叫道。夫人將扇子出來。救我性命。羅剎聽叫。急卸了釵環。脫了色服。挽青絲如道姑。穿縞素似比丘。雙手捧那柄丈二長短的芭蕉扇子。走出門。又見有金剛衆聖。與天王父子。慌忙跪在地下。磕頭禮拜道。望菩薩饒我夫妻之命。願將此扇。奉承孫叔叔成功去也。行者近前接了扇。同大衆共駕祥雲。徑回東路。却說三藏與沙僧。立一會。坐一會。盼望行者。許久不回。何等憂慮。忽見祥雲滿空。瑞光滿地。飄飄颻颻。蓋衆神行將近。這長老害怕道。悟淨。那壁廂是何處神兵來也。沙僧認得道師父阿那是四大金剛金頭揭諦六甲六丁護教伽藍與過往衆神牽牛的是哪吒三太子拿鏡的是托塔李天王大師兄執着芭蕉扇二師兄并土地隨後其餘的都是護衞神兵三藏聽說換了毘盧帽穿了袈裟與悟淨拜迎衆聖稱謝道我弟子有何德能敢勞列位尊聖臨凡也四大金剛道聖僧喜了十分功行將完吾等奉佛旨差來助汝汝當竭力修持勿得須臾怠惰三藏叩齒叩頭受身受命孫大聖執着扇子行近山邊儘氣力揮了一扇那火燄山平平息燄寂寂除光行者喜喜懽懽又扇一扇只聞得習習瀟瀟清風微動第三扇滿天雲漠漠細雨落霏

霏有詩爲証、

火燄山遥八百程、火光大地有聲名、火煎五漏丹難熟、
火燎三關道不清、時借芭蕉施雨露、幸蒙天將助神功、
牽牛歸佛休顛劣、水火相聯性自平、

此時三藏解燥除煩、清心了意、四衆皈依、謝了金剛、各轉寶山、六丁六甲、升空保護、過往神祇四散、天王太子、牽牛經歸佛地、回繳、止有本山土地、押着羅刹女在傍伺候、行者道、那羅刹你不走路、還立在此等甚、羅刹跪道、萬望大聖垂慈、將扇子還了我罷、八戒喝道、潑賤人、不知高低、饒了你的性命就勾了、還要討甚麼扇子、我們拿過山去、不

會賣錢買點心吃費了這許多精神力氣又肯與你雨濛濛的還不回去哩羅剎再拜道大聖原說搧息了火還我今此一塲誠悔之晚矣只因不倜儻致令勞師動衆我等也修成人道只是未歸正果見今真身現像歸西我再不敢妄作願賜本扇從立自新修身養命去也土地道大聖趂此女深知息火之法斷絕火根還他扇子小神居此苟安拯救這方生民求些血食誠爲恩便行者道我當時問着鄉人說這山搧息火只收得一年五穀便又火發如何始得除絕羅剎道若要斷絕火根只消連搧四十九扇永遠再不發了行者聞言執扇子使盡觔力望山頭連搧四

十九扇那山上大雨淙淙果然是寶貝有火處下雨無火處天晴他師徒們立在這無火處不遭雨濕坐了一夜次早才收拾馬匹行李把扇子還了羅刹又道老孫若不與你恐人說我言而無信你將扇子回山再休生事看你得了人身饒你去罷那羅刹接了扇子念個呪語揑做個杏葉兒噙在口裡拜謝了衆聖隱姓修行後來也得了正果經藏中萬古流名羅刹土地俱感激謝恩隨後相送行者八戒沙僧保着三藏遂此前進眞個是身體清涼足下滋潤誠所謂

坎離旣濟眞元合　水火均平大道成

畢竟不知幾年才回東土，且聽下回分解。

總批

誰爲火燄山，本身煩熱者是；誰爲芭蕉扇，本身清涼者是。作者特爲此煩熱世界，下一帖清涼散耳。讀者若作實事理會，便是痴人說夢。

又批

今人都在火坑裡，安得羅刹扇子，連搧他四十九扇也。

第六十二回

滌垢洗心惟掃塔　縛魔歸正乃修身

十二時中忘不得，行功百刻全收。五年十萬八千周，休教神（說出）水調，莫縱火光愁。水火調停無損處，五行聯絡如鉤。陰陽和合上雲樓，乘鸞登紫府，跨鶴赴瀛洲。

這一篇詞，牌名臨江仙。單道唐三藏師徒四衆，水火既濟，本性清涼，借得純陰寶扇，搧息燥火，遇山不一日，行過了八百之程。師徒們散誕逍遙，向西而去。正值秋末冬初時序，見了些：

野菊殘英落，新梅嫩蕊生。村村納禾稼，處處食香羹。平林木落遠山現，曲澗霜濃，幽壑清，應鍾氣閉蟄營，純陰陽月帝元溟，盛水德舜日憐晴，地氣下降，天氣上升，虹藏不見影，池沼漸生水，懸崕掛索藤花敗，松竹凝寒色更青。

四衆行勾多時，前又遇城池相近，唐僧勒住馬，叫徒弟悟空，你看那廂樓閣崢嶸，是個甚麼去處，行者擡頭觀看，乃是一座城池，眞個是

龍蟠形勢，虎踞金城，四垂華蓋近，百轉紫墟平，玉石橋欄排巧獸，黃金臺座列賢，明眞個是神州都會，天府瑶京，萬里邦畿固，千年帝業隆，蠻夷拱服君恩遠，海岳潮

元聖會盈御階潔淨輦路清寧酒肆歌聲鬧花樓喜氣生未央宮外長春樹應許朝陽彩鳳鳴

行者道師父那座城池是一國帝王之所八戒笑道天下府有府城縣有縣城怎麼就知是帝王之所行者道你不知帝王之居與府縣自是不同你看他四面有十數座門週圍有百十餘里樓臺高聳雲霧繽紛非帝京邦國何以有此壯麗沙僧道哥哥眼明雖識得是帝王之處却喚做甚麼名色行者道又無牌匾旌號何以知之須到城中詢問方可知也長老策馬須臾到門下馬過橋進門觀看只見六街三市貨殖通財又見衣冠隆盛人物豪華正行時

忽見有十數個和尚、一個個披枷戴鎖、沿門乞化、着實的藍縷不堪、三藏嘆道、兔死狐悲、物傷其類、叫悟空、你上前去問他一聲、爲何這等遭罪、行者依言、即叫那和尚、你是那寺裡的、爲甚事披枷戴鎖、衆僧跪倒道、爺爺、我等是金光寺負屈的和尚、行者道、金光寺坐落何方、衆僧道、轉過隅頭就是、行者將他帶在唐僧前、問道、怎生負屈、你說我聽、衆僧道、爺爺、不知你們是那方來的、我等似有些面善、不敢在此奉告、請到荒山、具說苦楚、長老道、也是、我們且到他那寺中去、仔細詢問緣由、同至山門、門上橫寫七個金字、勅建護國金光寺、師徒們進得門來、觀看、但見那古殿香燈冷虛廊葉掃風凌雲千尺塔養性幾株松滿地落花無客過簷前蛛網任攀籠空架鼓枉懸鍾繪壁塵多彩像朦講座幽然僧不見禪堂靜矣鳥常逢淒凉堪嘆息寂寞苦無窮佛前雖有香爐設灰冷花殘事事空

三藏心酸止不住眼中出淚眾僧們頂着枷鎖將正殿推開請長老上殿拜佛長老進殿奉上心香叩齒三匝却轉於後面見那方丈簷柱上又鎖着六七個小和尚三藏甚不忍見及到方丈眾僧俱來叩頭問道列位老爺像貌不一可是東土大唐來的麼行者笑道這和尚有甚未卜先

知之法我每正是你怎麼認得衆僧道爺爺我等有甚未
卜先知之法只是痛負了屈苦無處分明日逐家只是叫
天叫地想是驚動天神昨日夜間各人都得一夢說有個
東土大唐來的聖僧救得我等性命庶此寃苦可伸今日
果見老爺這般異像故認得也三藏聞言大喜道你這里
是何地方有何寃屈衆僧跪告道此城名喚祭賽國乃西
邦大去處當年有四夷朝貢南月陀國北高昌國東西梁
國西本鉢國年年進貢美玉明珠嬌妃駿馬我這里不動
干戈不去征討他那里自然拜爲上邦三藏道既拜爲上
邦想是你這國王有道文武賢良衆僧道爺爺文也不賢

武也不良國君也不是有道我這金光寺自來寶塔上祥雲籠罩瑞藹高升夜放霞光萬里有人曾見晝噴彩氣四國無不同瞻故此以爲天府神京四夷朝貢只是三年之前孟秋朔日夜半子時下了一場血雨天明時家家害怕戶戶生悲衆公卿奏上國王不知天公甚事見責當時延請道士打醮和尚看經荅天謝地誰曉得我這寺裡黃金寶塔汚了這兩年外國不來朝貢我王欲要征伐衆臣諫道我寺裡僧人偷了塔上寶貝所以無祥雲瑞藹外國不朝昏君更不察理那些贓官將我僧衆拿了去千般拷打萬樣追求當時我這里有三輩和尚前兩輩已被拷打不

過死了．如今又捉我輩問罪枷鎖．老爺在上．我等怎敢欺心．盜取塔中之寶．萬望爺爺憐念．方以類聚．物以群分．捨大慈大悲．廣施法力．拯救我等性命．三藏聞言．點頭嘆道這樁事．暗昧難明．一則是朝廷失政．二來是汝等有災．既然天降血雨．汚了寶塔．那時節何不啓本奏君．致令受苦．衆僧道．爺爺．我等凡人．怎知天意．況前輩俱未辨得．我等如何處之．三藏道．悟空．今日甚時分了．行者道．有申時前後．三藏道．我欲面君．倒換關文．奈何這衆僧之事．不得明白．難以對君奏言．我當時離了長安．在法門寺裡．立願上西方．逢廟燒香．遇寺拜佛．見塔掃塔．今日至此．遇有受屈僧人、乃因寶塔之累、你與我辦一把新笤箒、待我沐浴了、上去掃掃、即看這汚穢之事何如、不放光之故何如、訪看端的、方好面君奏言、解救他每這苦難也、這些枷鎖的和尚聽說、連忙去廚房取把廚刀、遞與八戒道、爺爺、你將此刀打開那柱子上鎖的小和尚鐵鎖、放他去安排齋飯香湯、伏侍老爺進齋沐浴、我等且上街化把新笤箒來、與老爺掃塔、八戒笑道、開鎖有何難哉、不用刀斧、教我那一位毛臉老爺、他是開鎖的積年、行者真個近前、使個解鎖法、用手一抹、幾把鎖俱退落下、那小和尚俱跑到廚中、淨刷鍋竈、安排茶飯、三藏師徒們吃了齋、漸漸天昏、只見那枷

鎖的和尚拿了兩把苕帚進來。三藏甚喜。正說處。一個小和尚點了燈來請洗澡。此時滿天星月光輝。譙樓上更鼓齊發。正是那

四壁寒風起。萬家燈火明。六街關戶牖。三市閉門庭。釣艇歸深樹。耕犂罷短繩。樵夫柯斧歇。學子誦書聲。

三藏沐浴畢。穿了小袖褊衫。束了環絛。足下換一雙軟公鞋。手裡拿一把新苕帚。對衆僧道。你等安寢。待我掃塔去來。行者道。塔上既被血雨所污。又況日久無光。恐生惡物。一則夜靜風寒。又沒個伴侶。自去恐有差池。老孫與你同上如何。三藏道。甚好甚好。兩人各持一把。先到大殿上。點

起琉璃燈燒了香佛前拜道弟子陳玄奘奉東土大唐差
往靈山參見我佛如來取經今至祭賽國金光寺遇本僧
言寶塔被污國王疑僧盜寶銜冤取罪上下難明弟子竭
誠掃塔望我佛威靈早示污塔之原因莫致凡夫之冤屈
祝罷與行者開了塔門自下層望上而掃只見這塔真是
崢嶸倚漢突兀凌空正喚做五色琉璃塔千金舍利峰
梯轉如穿窖門開似出籠寶瓶影射天邊月金鐸聲傳
海上風但見那虛簷拱斗作成巧石穿花鳳絕頂留雲
造就浮屠遶霧龍遠眺可觀千里外高登似在九霄中
層層門上琉璃燈有塵無火步步簷前白玉闌積垢飛

亜塔心裡佛座上香烟盡絶窻櫺外神面前蛛網牽朦爐中多鼠糞盞內少油鎔只因暗失中間寶苦殺僧人命落空三藏發心將塔掃管教重見舊時容

唐僧用箒子掃了一層又上一層如此掃至第七層上却又二更時分那長老漸覺困倦行者道困了你且坐下等老孫替你掃罷三藏道這塔是多少層數行者道怕不有十三層哩長老躭着勞倦道是必掃了方趂本願又掃了三層腰酸腿痛就于十層上坐倒道悟空你替我把那三層掃淨下來罷行者抖擻精神登上第十一層霎時又上到第十二層正掃處只聽得塔頂上有人言語行者道怪

哉怪哉這早晚有三更時分怎麼得有人在這頂上言語斷乎是邪物也且看看去好猴王輕輕的挾着苕帚撒起衣服鑽出前門踏着雲頭觀看只見第十三層塔心裡坐着兩個妖精面前放一盤嘎飯一隻碗一把壺在那里猜拳吃酒哩行者使個神通丟了苕帚掣出金箍棒攔住塔門喝道好怪物偷塔上寶貝的原來是你兩個怪物慌了急起身拿壺拿碗亂擲被行者橫鐵棒攔住道我若打死你沒人供狀只把棒逼將去那怪貼在壁上莫想掙扎得動口裡只叫饒命饒命不干我事自有偷寶貝的在那里也行者使個拿法一隻手抓將過來徑拿下第十層塔中

報道師父拿住偷寶貝的賊了三藏正自盹睡忽聞此言又驚又喜道是那里拿來的行者把怪物揪到面前跪下道他在塔頂上猜拳吃酒耍子是老孫聽得喧譁一縱雲跳到頂上攔住未曾着力但恐一棒打死沒人供狀故此輕輕捉來師父可取他個口詞看他是那里妖精偷的寶貝在於何處那怪物戰戰兢兢口叫饒命遂從實供道我兩個是亂石山碧波潭萬聖龍王差來巡塔的他叫做奔波兒灞我叫做灞波兒奔他是鮎魚怪我是黑魚精因我萬聖老龍生了一個女兒就喚做萬聖公主那公主花容月貌有二十分人才招得一個駙馬喚做九頭駙馬神通

廣大前年與老龍來此顯大法力下了一陣血雨取了寶塔偷了塔中的舍利子佛寶公主又去大羅天上靈虛殿前偷了王母娘娘的九葉靈芝草養在那潭底下金光霞彩晝夜光明近日聞得有個孫悟空往西天取經說他神通廣大沿路上專一尋人的不是所以這些時常差我等來此巡攔若還有那孫悟空到時好準備也行者聞言嘻嘻冷笑道那業畜等這等無禮說道前日請牛魔王在那里赴會原來他結交這夥潑魔專幹不良之事說未了只見八戒與兩三個小和尚自塔下提着兩個燈籠走上來道師父掃了塔不去睡覺在這里講甚麼哩行者道師弟

你來正好塔上的寶貝乃是萬聖老龍偷了去今着這兩個小妖巡塔採聽我等來的消息却才被我拿住也八戒道叫做甚麼名字甚麼妖精行者道才然供了口詞一個叫做奔波兒灞一個叫做灞波兒奔一個是鮎魚怪一個是黑魚精八戒掣鈀就打道既是妖精取了口詞不打死待何時行者道你不知且留着活的好去見皇帝講話又好做作眼去尋賊追寶好獃子眞個收了鈀一家一個都抓下塔來那怪只叫饒命八戒道正要你鮎魚黑魚做些鮮湯與那負冤屈的和尚吃哩兩三個小和尚喜喜歡歡提着燈籠引長老下了塔一個先跑報衆僧道好了好了

我們得見青天了偷寶貝的妖怪巳是爺爺們捉將來了行者教拿鐵索來穿了琵琶骨鎖在這里汝等看守我們睡覺去明日再做理會那些和尚都緊緊的守着讓三藏們安寢不覺的天曉長老道我與悟空入朝倒換關文去來長老即穿了錦襴袈裟戴了毘盧帽整束威儀拽步前進行者也束一束虎皮裙整一整錦布直裰取了關文同去八戒道怎麼不帶這兩個妖賊去行者道待我們奏過了自有駕帖着人來提他遂行至朝門外看不盡那朱雀黄龍清都絳闕三藏到東華門對閤門大使作禮道煩大人轉奏貧僧是東土大唐差去西天取經者意欲面君倒

換關文，那黄門官果與通報，至階前奏道，外面有兩個異容異服僧人，稱言南贍部洲東土唐朝，差往西方拜佛求經。欲朝我王，倒換關文，國王聞言。傳旨教宣，長老即引行者入朝，衆文武見了行者，無不驚怕，有的說是猴和尚，有的說是雷公嘴和尚，個個悚然，不敢久視，長老在階前舞蹈山呼的行拜。大聖叉着手。斜立在傍，公然不動，長老啓奏道，臣僧乃南贍部洲東土大唐國差來拜西方天竺國大雷音寺佛。求取眞經者，路經寶方，不敢擅過，有隨身關文，乞倒驗方行。那國王聞言大喜，傳旨教宣唐朝聖僧上金鑾殿，安繡墩賜坐。長老獨自上殿，先將關文捧上，然後

謝恩敢坐、那國王將關文看了一遍、心中喜悅道、似你大
唐王有道、能選高僧、不避路途遥遠、拜佛取經、寡人這里
和尚專心只是做賊、敗國欺君、三藏聞言、合掌道、怎見得
敗國欺君、國王道、寡人這國、乃是西域上邦、常有四夷朝
貢、皆因國內有個金光寺、寺內有座黃金寶塔、塔上有光
彩沖天、近被本寺賊僧暗竊了其中之寶、三年無有光彩、
外國這三年也不來朝、寡人心痛恨之、三藏合掌笑道、萬
歲差之毫釐、失之千里矣、貧僧昨晚到於天府、一進城門、
就見十數個枷紐之僧、問及何罪。他道是金光寺負冤屈
者、因到寺細審。更不干本寺僧人之事。貧僧至夜掃塔。已

獲却偷寶之妖賊矣國王大喜道妖賊安在三藏道現被小徒鎖在金光寺裡那國王急降金牌着錦衣衛快到金光寺取妖賊來寡人親審三藏又奏道萬歲雖有錦衣衛還得小徒去方可國王道高徒在那里三藏用手指道那玉階傍立者便是國王見了大驚道聖僧如此丰姿高徒怎麼這等像貌孫大聖聽見了厲聲高叫道陛下人不可貌相海水不可斗量若愛丰姿者如何捉得妖賊也國王聞言回驚作喜道聖僧說的是朕這里不選人材只要獲賊得寶歸塔爲上再着當駕官看車蓋教錦衣衛好生伏侍聖僧去取妖賊來那當駕官即備大轎一乘黃傘一柄

錦衣衛點起校尉將行者八擡八綽大四聲喝路徑至金
光寺自此驚動滿城百姓無處無一人不來看聖僧及那
妖賊八戒沙僧聽得喝道只說是國王差官急出迎接原
來是行者坐在轎上欵子當面笑道哥哥你得了本身也
行者下了轎攙着八戒道我怎麼得了本身八戒道你打
着黃傘擡着八人轎却不是猴王之職分故說你得了本
身行者道且莫取笑快解下兩個妖物押見國王沙僧道
哥哥也帶挈小弟帶挈行者道你只在此看守行李馬匹
那枷鎖之僧道爺爺們都去承受皇恩等我們在此看守
行者道既如此等我去奏過國王却來放你八戒揪着一

個妖賊沙僧揪着一個妖賊孫大聖依舊坐了轎擺開頭
踏將兩個妖怪押赴當朝須臾至白玉階對國王道那妖
賊已取來了國王遂下龍牀與唐僧及文武多官同目視
之那怪一個是暴腮烏甲尖嘴利牙一個是滑皮大肚巨
口長鬚雖然是有足能行大抵是變成的人像國王問曰
你是何方賊怪那處妖精幾年侵吾國土何年盜我寶貝
一夥共有多少賊徒都喚做甚麼名字從實一一供來二
怪朝上跪下頸內血淋淋的更不知疼痛供
三載之外七月初一有個萬聖龍王帥領許多親戚住
居在本國東南離此處路有百十潭號碧波山名亂石

生女多嬌。妖嬈美色。招贅一個九頭駙馬。神通無敵。知你塔上珍奇。與龍王合伴做賊。先下血雨一場。後把舍利偷訖。見如今。照耀龍宮。縱黑夜明如白日。公主施能。寂寂密密。又偷了王母靈芝。在潭中溫養寶物。我兩個不是賊頭。乃龍王差來小卒。今夜被擒。所供是實。

國王道。既取了供。如何不供自家名字。那怪道。我喚做奔波兒灞。他喚做灞波兒奔。奔波兒灞是個鮎魚怪。灞波兒奔是個黑魚精。國王教錦衣衛好生收監。傳赦。赦了金光寺眾僧的枷鎖。快教光祿寺排宴。就於麒麟殿上謝聖僧獲賊之功。議請聖僧捕擒賊首。光祿寺即時備了葷素兩

樣筵席。國王請唐僧四衆上麒麟殿敘坐。問道聖僧尊號
唐僧合掌道。貧僧俗家姓陳。法名玄奘。蒙君賜姓唐。賤號
三藏。國王又問。聖僧高徒何號。三藏道。小徒俱無號。第一
個名孫悟空。第二個名猪悟能。第三個名沙悟淨。此乃南
海觀世音菩薩起的名字。因拜貧僧爲師。貧僧又將悟空
叫做行者。悟能叫做八戒。悟淨叫做和尚。國王聽畢。請三
藏坐了上席。孫行者坐了側首左席。猪八戒沙和尚坐了
側首右席。俱是素果素菜素茶素飯。前面一席葷的。坐了
國王。下首有百十席葷的。坐了文武多官。衆臣謝了君恩。
告了師罪。坐定。國王把盞。三藏不敢飲酒。他三個各受了

安席酒下邊只聽得管絃齊奏乃是教坊司動樂你看八戒放開食顙真個是虎嚥狼吞將一席果菜之類吃得罄盡少頃間添換湯飯又來又吃得一毫不剩巡酒的來又杯杯不辭這場筵席直樂到午後方散三藏謝了盛宴國王又留住道這一席聊表聖僧獲怪之功教光祿寺快番席到建章宮裡再請聖僧定捕賊首取寶歸塔之計三藏道既要捕賊取寶不勞再宴貧僧等就此辭王就擒妖捉怪去也國王不肯一定請到建章宮又吃了一席國王舉酒道那位聖僧帥衆出師降妖捕賊三藏道教大徒弟孫悟空去大聖拱手應承國王道孫長老既去用多少人馬

幾時出城、八戒忍不住高聲叫道、那里用甚麼人馬、又那里管甚麼時辰、趂如今酒醉飯飽、我共師兄去、手到擒來、三藏甚喜道、八戒這一向勤謹阿、行者道、旣如此、着沙弟保護師父、我兩個去來、那國王道、二位長老旣不用人馬、可用兵器、八戒笑道、你家的兵器、我們用不得、我弟兄自有隨身器械、國王聞說、卽取大八觥來、與二位長老送行、孫大聖道、酒不吃了、只教錦衣衞把兩個小妖拿來、我們帶他去作眼、國王傳旨、卽時提出、二人挾着兩個小妖、駕風頭使個攝法、徑上東南去了、噫、他那

君臣一見騰雲霧　纔識師徒是聖僧

畢竟不知此去如何擒獲，且聽下回分解。

總批

寶塔放光，亦非實事，此心之光明是，失了寶貝，此心之迷惑是，切勿差認，令識者笑人也。